家庭装修疑难解答365系列

环保家居装修

王 勇 主编

龍門書局

内容简介

　　本书精选了家庭装修中有关环保装修的三百多个实用问题，涵盖了家装环保中的各个方面。从新房的质量验收、装修时间与载体规划、装修成本的核算比较、家具规划与后期布置以及实用的环保家居装修便携表单等方面都做了详细的介绍。全书采用标题知识点的行文构架，一个标题解决一个实际问题，使读者能够快速翻阅查找，从而在最短的时间内直观地了解环保家居装修的要点。知识面广、内容实用、可参考性强是本书的一大特点，希望本书能够为广大准备装修的读者在实际装修过程中提供一个可以参考的真正意义上的环保家居装修。

图书在版编目（CIP）数据

环保家居装修 / 王勇主编 . —北京：龙门书局，
2011.6
（家庭装修疑难解答 365 系列）
ISBN 978-7-5088-3061-2

Ⅰ . ①环… Ⅱ . ①王… Ⅲ . ①住宅—室内装修—无污染技术 Ⅳ . ① TU767

中国版本图书馆 CIP 数据核字 (2011) 第 101108 号

责任编辑：王海霞　温振宁　/ 责任校对：杨慧芳
责任印刷：新世纪书局　　/ 封面设计：骁毅文化

龍門書局 出版

北京东黄城根北街 16 号
邮政编码：100717
http://www.sciencep.com

中国科学出版集团新世纪书局策划
北京市艺辉印刷有限公司
中国科学出版集团新世纪书局发行　各地新华书店经销
*

2011 年 7 月　第　一　版　　　　开本：16 开
2011 年 7 月第一次印刷　　　　　印张：12
印数：1—4 000　　　　　　　　　字数：300 000

定价：28.00 元

（如有印装质量问题，我社负责调换）

前言

FOREWORD

在当今的社会中，拿到新房钥匙就立刻挑选装修公司来规划已经成为一种惯性，而装修也不再是"奢侈"的代名词。人们在享受了安逸的生活之后，便开始关注并追求居室的舒适度、环保性以及多样性等以前从未关注过的专业领域。家庭装修一直都被许多人看作是劳神费力的事情，就算投入再多的精力，到最后总会有这样或者那样的不足。家庭装修让我们感觉如此繁累，一个重要的原因就是大多数业主无法了解或者掌控装修过程，直白一点就是不懂装修。

本套《家庭装修疑难解答365系列》正是以介绍家装中实用的重点知识为基础内容，从家庭装修实施中的预算、选材到施工监理、验收，再到关系生活健康的环保这三个方面入手，全部采用简单实用的知识点的形式，全面介绍在家庭装修中的各方面知识。本套书在内容组织上更为直观、查阅起来也更加便捷，使广大准备装修的业主朋友能够快速找到自己需要的知识内容，从而最大程度地享受装修中的快乐时光。

《环保家居装修》让您了解什么是真正意义上的环保家居，避免走入装修中的极端。从新房验收到装修规划，从成本计算到后期环保布置，这里给您提供各种可操作性极强的环保家居装修知识要点，从装修本身介绍环保家居的真正含义以及实现过程。

《施工工艺与验收》让您远离"豆腐渣"工程，享受高质量的家居生活。从施工准备、工艺流程、质量检验以及经常出现的质量问题，再到施工中应该注意的各种事项这里都有最为实用的介绍。一个标题解决一个实际问题，为您带来安全、舒适的家居环境。

《材料应用与选购》帮您把握装修中最为重要的一环。包括家庭装修中经常用到的各种基础材料以及装饰材料，为您提供最为全面、直观的介绍。每种材料的特点、应用、选购以及市场参考价格，这里都做了详细的介绍。

简单实用、方便快捷是本套书力求达到的效果，每本书中三百多个精选知识点使您在最短的时间内，获取最为重要、实用的装修知识，进而营造出一个快乐、舒适、健康、理想的家居环境。

目录

CONTENTS

目录

CONTENTS

目录

CONTENTS

目录

CONTENTS

目录

CONTENTS

目录

CONTENTS

目录

CONTENTS

目录

CONTENTS

目录

CONTENTS

一、环保家居装修概述

* 1. 什么是环保家居装修

事实上，完全意义上的环保装修是不存在的，只有相对的环保。而且现在人们对于环保家居装修有很多误解，以为用了所谓"零污染"的绿色环保装修材料就没有污染了，就是环保家居装修了。其实，在整个装修过程中，污染几乎是不可避免的。进一步而言，要做到真正的环保，需要关注的方面不仅仅只是装修材料。

随着社会的发展，环保家居装修被赋予了更多的内容，它涵盖的方面也越来越广泛，其各方面的针对性也越来越突出，所以，必须要明确的概念是：仅仅使用绿色环保装修材料并不是真正的环保家居装修，环保家居装修的意义是指多方面装修过程中其良好综合性的体现。

* 2. 环保家居装修都包含哪些方面

从装修伊始就要"环保"起来，包括装修的前期、中期和后期。具体说来就是，装修前期的新房验收、时间规划、装修载体规划、设计规划、成本计算；装修中期的材料选择与使用、装修质量的监督与实施；装修后期的家具规划、布置等。

* 3. 什么是新房验收

新房验收是指从开发商处验收房屋的质量，如有问题应及时解决，一是保障业主的自身权益，二是为家居装修打下良好基础，避免建筑内部问题影响装修质量。

4．什么是时间规划

时间规划是指根据业主自身的情况，安排好装修的开始时间、结束时间。具体可细化到业主什么时间可以全程跟踪装修、装修期间是否有充足的资金可供使用、一年当中什么时间建材市场促销力度大、什么季节适合本地装修、是否可以在供暖开始之前结束装修而不浪费供暖费用、是否有时间参加新建小区的业主团购从而节省资金等。

5．什么是装修载体规划

装修载体规划是指业主选择什么样的载体来实施装修计划，是找施工队，还是找专业的装修公司；如果选择装修公司又该如何对比各家公司之间的优劣势等。

6．什么是设计规划

设计规划是指业主自己喜好的设计风格、设计形式、装修色彩、装修光线的选择与确定等。

7．什么是成本计算

成本计算是指从装修开始到结束这一过程中产生的所有费用的计算，包括装修材料价格的计算、装修施工费用的计算等。

8．什么是环保家居的定义

环保家居装修是以人为本，在环保和生态平衡的基础上，追求高品质生存和生活化的空间，同时要保证装修完的生活空间不受污染，在使用过程中不对人体和外界造成影响。这里所说的污染是指空气污染、光污染、视觉污染、噪声污染、饮水污染、排放污染等。简而言之，环保家居应符合环保、健康、舒适、美化的标准。

* 9．设计上如何做好绿色环保装修

绝对的环保装修材料是没有的，因此也就没有绝对的绿色家居环境。在设计上，不妨简洁、实用，尽可能地选用节能型材料。特别是注意室内环境因素，合理搭配装饰材料，充分考虑室内空间的承载量和通风量，提高空气质量。目前提倡的功能主义设计，旨在使人在简洁、实用中充分享受到家庭的温馨与舒适。

做好绿色环保装修的方法有很多，例如不要在门窗附近设计隔断物，以免阻隔空气流通；对于厨房、卫生间要设计排风的强制换气；再就是采光、布灯、色彩等的搭配应合理；家具、装饰品等的摆放要符合人的需求。

1）施工上如何做好绿色环保装修。

在施工上，严格执行绿色环保标准，尽量选用无毒、少毒，无污染或者少污染的施工工艺，并且加强施工现场管理，降低施工中粉尘、噪声、废气、废水对环境的污染和破坏，并重视对垃圾的处理。

例如在裁切板材时，所产生的锯屑会使整个房间充满了粉尘。正确的做法是在裁切前，应在房间内洒上一层水，从而防止粉尘污染。

2）材料上如何做好绿色环保装修。

在装修材料的选择上，严格选用环保安全型材料。选用不含甲醛的胶粘剂，不含苯的稀释料，不含苯的石膏板材，不含甲醛的大芯板、贴面板等，以保证提高装修后的空气质量；要尽量选用资源利用率高的材料，如用复合材料代替实木；选用可再生利用的材料，如玻璃，铁艺件，铝扣板等；选用低资源消耗的复合型材料，如塑料管材，密度板等。

3）环境上如何做好绿色环保装修。

做好室内环境检测和治理工作是建立绿色家居的最后一关。在购买新房或刚装修完新居后，不要急于入住，应该先找有资质的或权威的室内环境检测部门进行检测，如发现有污染超标之处，可根据不同污染物选用不同功能的空气净化装置，如空气净化器、吸油烟机、臭氧消毒器等，并且注意室内通风换气。

* 10．环保家居装修的原则有哪些

对于家装设计的好坏，目前国际上普遍流行采用三大标准，即所谓的三大概念：S(safety)、H(health)、C(comfort)，分别代表的是安全性、健康性和舒适性。我国过去一般都套用建筑设计的标准，即安全性、实用性、经济性和美观性来评价。现在也逐渐地开始和国际接轨，其中国际上提出

的舒适性就包含了我国原有标准中的实用性与美观性的内容。结合我国国情，目前普遍认为家装设计必须遵守的原则是安全性、健康性、舒适性、经济性这四项。

1）什么是安全性原则。

任何家装中安全是最基本、最重要的。因为人的生活、生产及享受都必须以延续正常的生命为前提。

2）什么是健康性原则。

"健康住宅"就是让人们的家居成为一个对身体健康有利的自然环境，不产生或少产生对身体健康有害的污染，同时能满足特殊人群（残疾人、老人等）的正常使用。

3）什么是舒适性原则。

人们进行家装的目的就是要使自己的家庭生活更加舒适。舒适的家居环境主要取决于它是否能满足人的物质与精神两方面需求。前者是在功能上满足家庭生活的使用要求，并提供一个使人感到舒适的自然环境。后者则是创造出一种与家庭生活相适应的氛围，使家居空间具有一定的审美价值，并且通过联想作用，使其更具有一定的情感价值。

4）什么是经济性原则。

对于一般人来说，家居装修的费用可能是很长时间的积蓄。所以，家居装修与经济就有着非常密切的联系。不要盲目跟风，要有自己的个性，根据自身的经济条件，打造一个适合自己的家居环境，这是绿色环保装修中的一个重要组成部分。

* 11. 装饰材料主要污染元素有哪些

名称	特　性	主要危害	主要来源	相关标准
甲醛	无色刺激性气性、能引起流泪、喉部不适	可引起恶心、呕吐、咳嗽、胸闷、哮喘甚至肺气肿，长期接触低剂量的甲醛，可以引起慢性呼吸道疾病、女性月经紊乱、妊娠综合症，引起新生儿体质降低、染色体异常，引起少年儿童智力下降，同时甲醛含量过高，还会使人产生白血病	夹板、大芯板、复合木地板、板式家具等含有添加甲醛产品，塑料壁纸、地毯等大量使用胶粘剂的环节	《室内空气质量标准》规定居室甲醛浓度应≤0.08mg/m³

续表

名称	特性	主要危害	主要来源	相关标准
苯系物	室内挥发性有机物，无色有特殊芳香气味	致癌物质，轻度中毒会造成嗜睡、头痛、头晕、恶心、胸部紧束感等，并会有轻度粘膜刺激症状。重度中毒可出现眼睛模糊、呼吸浅而快、心律不齐、抽搐和昏迷	合成纤维、油漆、各种油漆涂料的添加剂和稀释剂、各种溶剂型胶粘剂、防水材料	《室内空气质量标准》规定居室内浓度应≤苯0.11 mg/m³ 甲苯0.20 mg/m³ 二甲苯0.20 mg/m³
氨	一种无色有强烈刺激性臭味的气体	短期内吸入大量氨气后出现流泪、咽痛、声音嘶哑、咳嗽、痰中带血丝、胸闷、呼吸困难，可伴有头晕、头痛、恶心、呕吐、乏力等，严重可发生肺气肿、成人呼吸窘迫综合症	由北方少量建筑施工中使用的不规范混凝土抗冻添加剂引起，南方地区罕见	《室内空气质量标准》规定居室内浓度≤0.2 mg/m³
氡	放射性惰性气体，无色、无味	容易进入呼吸系统，逐步破坏肺部细胞组织，形成体内辐射，是继吸烟外第二大诱发肺癌的因素	土壤、混凝土、砖沙、水泥、石膏板、花岗岩所含放射性元素	《室内空气质量标准》规定居室内浓度≤400Bq/m³
石材放射性	无色、无味、无形，很难描述其特征	主要为镭、钾、钍三种放射性元素在衰变中产生的放射性物质。会造成人体内的白细胞减少，可对神经系统、生殖系统和消化系统造成损伤，导致癌症	各种石材包括天然花岗岩、大理石及地砖等，其中以花岗岩的放射性最大	国家相关标准将其分为A、B、C三类，规定只有A类产品可用于写字楼和居室内

二、新房交付使用时 怎样验收

* 1. 验房的流程是怎样的

领取《房屋交付使用通知书》后，有关工作人员会带领业主到所购房屋进行现场勘察，对各项设施设备进行检验，并将检测结果一一记录在《楼房验收交接表》上。若验收合格，业主须在《楼房验收交接表》上签字认可，并当场填写《住房登记表》，领取房屋钥匙和《住户手册》等资料，同时要按管理处的统一规定，缴纳有关费用；若验收不合格，业主也应将不足事项明确记录在《楼房验收交接表》上，可暂不办理入住手续，再次交接时间由双方另行约定，但一般不应超过30天。

* 2. 验收墙体要检查什么

平整度、是否渗水、是否有裂缝。查看一些墙体是否有水迹，特别是一些山墙、厨房、卫生间顶面、外墙等地方，如果有的话，务必尽快查明原因。

* 3. 验收防盗门要检查什么

有无划痕，门边是否变形，门与框的密封是否严密，门和锁开关应灵活。

* 4. 验收"猫眼"要检查什么

入户后观察猫眼是否有松动、不清晰、视野不全或因有异物而无法看清楚等现象，若有应及时修复或更换。

* 5．验收门铃要检查什么

带两节5号电池测试门铃，看是否不响或响了不停。

* 6．验收窗户要检查什么

是否有纱窗，如果没有，应及时提出。密封是否良好，可用一长纸条放在密封点上，关门压住纸条用力抽出，多点试验看密封条的压力是否均匀。

推拉窗上的纱窗和窗扇，推动灵活，相互无碰撞。窗户外窗框上应有防堵帽，防止异物堵塞影响排水，导致下雨时窗户进水。当双层玻璃里外都擦不干净时应提出拆换玻璃清洁，否则以后不易解决。

* 7．验收层高平整要检查什么

用盒尺检查房顶，取4～5个点，进行测量，若数值一致，比如房高均为2.5m(或者2.6m)则说明房顶没有倾斜。

* 8．验收墙面、地面要检查什么

用水平尺靠墙面、地面，检查是否平整，同时观察是否有划痕裂纹，墙面是否有爆点(爆点即生石灰在发成熟石灰时因搅拌不均没发好，抹在墙上干后就会形成爆点)。

* 9．验收涂料要检查什么

墙面顶面是否平整，周围光线暗时带大功率灯泡(200W)照射，灯一亮，墙面顶面是否平整立刻就可以通过光线阴影看出。如果不平，则要提出重新补腻子刷漆，如果仅是局部刷漆则会与墙壁原色产生差异。

* 10．验收空鼓要检查什么

手锤垫上几层纸(避免留下锤印)敲击墙面,检查墙面空鼓,可用专用钢针小锤检测墙砖空鼓。一般情况下,有空鼓的地方会有"咚咚"的声音,如有空鼓,一定要让物业人员尽快修复,否则在装修中会很容易打穿楼板,妨碍邻里生活。

* 11. 验收管道安装、通畅和密封要检查什么

用手使劲晃动暖气管和上水管,应固定牢固。如果松动,应重新固定。打开水阀看排水是否流畅(否则下水管被建筑垃圾堵塞),放水同时用卫生纸擦拭上下管道底部有无漏水。

* 12. 验收厨卫瓷砖要检查什么

要检查阴角阳角角度达90°,四角无磕碰(房顶四角和地面四角),地砖墙砖无变形开裂和空鼓。用小锤划击地砖和墙砖,有空洞声音,说明没有铺设好,这样时间久了可能会出现瓷砖开裂和脱落,应重新铺设。

* 13. 验收厨房烟道要检查什么

用纸卷点火后灭火冒烟,放在烟道口下10cm左右,看烟是否上升到烟道口立即拐弯被吸走。

* 14. 验收管道燃气要检查什么

用冒烟的纸卷放到报警装置附近,看报警装置是否灵敏,报警声提示的同时关闭进气电磁阀。如果不灵敏,及时修复。

* 15. 验收闭存水试验、水表空转试验要检查什么

打开龙头查漏堵,尽可能让水流大一点、急一点,一来看水压,二来试排水速度(一般新房子会配一个简易龙头给业主)。用万用表测量各个强弱电是否畅通。

* 16. 验收下水情况要检查什么

先用面盆盛水,再向各个下水处灌水,分别是台盆、浴缸、坐便器下水以及厨房、卫生间、阳台的地漏等,基本是每个下水口灌入两盆水左右,应听到咕噜噜的声音和看到表面无积水。

＊ 17．验收地面防水情况要检查什么

在厨卫放水，浅水就行，约高2cm，然后约好楼下的业主在24小时后查看其家厨卫的顶面是否渗水。

＊ 18．验收卫生间要检查什么

卫生间在楼道内有窗户的应该安装防盗网。如若没有窗户，则应有通风孔。通风孔设在吊顶下面，离通风孔最近的插座应是防水插座。

＊ 19．验收卫生间通风要检查什么

应在吊顶下留通风口。留在吊顶上面时要用手灯查看是否具备安装性，同时要检测抽力。烟道、通风口中用手电看是否存有建筑垃圾。

＊ 20．验收暖气要检查什么

暖气片上方应有排气孔，使用时应拧动将气体排掉。如果拧不动就需要修理解决，否则气体排不出来，暖气片就不会热。还要注意暖气片安装时进水管和回水管的坡度是否符合要求，否则会影响采暖。

＊ 21．验收房门要检查什么

用镜子放到门顶部和门底部，检查这些平时看不到的地方是否刷过油漆。如果是卫生间的门，顶部和底部的油漆没有刷全，时间一长，因环境潮湿，卫生间的使用率又高，会使门底部过早腐烂损坏。

＊ 22．验收电器管线等要检查什么

检查有线电视插座、宽带插座，插进去有无松动或插不进的现象；检查弱点插座数目；检察可视对讲、紧急呼叫按钮是否工作正常。

1）如何检查插座

五孔插座上分别插上带有指示灯的插排，灯亮，表示有电，此时拉下总开关箱内的插座开关（应有标示），指示灯灭，频繁测试几次证明开关、接线良好，插座安全。如果开关拉下，插座指示灯仍亮着或仍在闪烁，说明开关质量有问题或接线有误，应立即修复。否则误触电时无法及时断电从而危机生命。插座还应用摇表来测试对地绝缘情况是否良好。

2）如何检查开关

开关箱内的各分路开关应有明显的标示。如果没有或不明确，需立即纠正。开关箱内开关应安装牢固，每个都要用力左右晃动检查，如果发现松动，应该紧固或更换。否则日后使用中出现接触不良打火现象时，会造成更大的危险。

三、装修时间规划以及装修载体规划

* 1. 了解装修前期工作有哪些

个人及家庭成员应具备一定的专业知识,在居室装修前,最好能借阅或购置2～3本相关书籍,达到对专业知识的一定积累。

1) 学习其他人的哪些方面

向已有装修经验的亲友、邻居、同事咨询,学习他们的装修经验,避免他们在装修过程中所出现的不足,尤其是相关的材料价格、工人劳务价格及市场流行趋势等。不过他们的口头阐述也只能够作为参考意见,独立自主的装修意识是完美成果必要的方面。

2) 对即将装修的房屋做哪些准备

对所拥有的房屋结构要仔细了解,丈量一下实际面积并绘制详细的结构图。具体了解一下布局(包括对原有结构进行合理更改)以及装修总额(包括材料的价格和人工费用),以便为自己提供大致的思路,从而制订方案。选择适合的消费档次,如高档、中档、低档等。自己应预先规划设计,合理布置,列举提供需摆放的物品清单。

3) 装修资金要做哪些准备

对装修资金预先准备,针对于普通大众,装修的总费用应为房屋价格的10%～20%。材料预算和费用分配以追求舒适为本,基本比例可定为:卫生间与橱房占40%,客厅餐厅占35%,卧室占15%,其他空间占10%。

4) 装修工期要做哪些准备

工期安排应错开自己的工作时间,毕竟装修中会时常需要本人亲自过问各具体事项,以普通3室2厅约120m^{2}为例,在正常情况下,工期在应在45～50

天，如考虑些其他因素，诸如更改增加设计方案等，至多60天左右。

5）装修材料要做哪些准备

对所在城市的装修市场进行全面考察，如时间有限可针对距住宅地最近的装饰市场考察，了解必要的装饰材料价格和周边装饰公司的经营方式。在装修中鉴于环保质量要求，一般由业主提供的主材，包括木芯板（大芯板）、胶合板、装饰板、墙地砖、地板、顶扣板等。同时需要详细了解这些材料，尤其是认证产品的有害物质含量及检测证书，与同种材料产品的价格仔细比较。一般而言，地段较好的装修材料市场厂租较高，材料价格也相应较高，也可上网查询相应资料，对特种装饰材料可直接电话咨询厂家，直接邮购。

＊ 2. 正常情况下工期是如何安排的

在装修施工之前，各位业主应该让负责装修的工长出示一张装修施工的工期安排时间表，这是对装修整个过程的一个规划，也是对业主的一种承诺。同时需要注意的是，目前各装修公司的工期安排并不是连续作业的，比如说水电完工后，会过2～4天才开始后续的施工。这其中原因有等待24小时的闭水实验，也有装修公司自身的施工队进度安排，同时也有业主自身的原因，如临时修改设计方案、购买必要材料等。

一般性的工期时间安排：

开工前2天：进场前做准备、与物业部门联系，完成必要的手续、和邻居打好招呼、门窗材料及辅助材料进场、交施工方钥匙等。

开工后1～2天：改变屋内非承重结构、新做墙体等。

开工5～10天：水电施工、更换窗户等。

开工后10～20天：铺贴瓷砖、室内吊顶、刷涂料、厨卫吊顶等。

开工20～30天：新做造型、衣柜、鞋柜、书架等。

开工30～50天：铺地板、装门、装橱柜、厨卫产品安装、卫浴产品安装、灯具安装、电器设备安装等。

开工50～60天：验收、决算、家具安装等。

＊ 3. 装修公司的业务流程是怎样的

广告宣传，业务咨询——测量房屋，商议洽谈——设计方案，预算报价——设计图纸，审定图纸——签订合同，交付首款——现场说明，施工交底——人员到位，材料进场——施工进行，分期

付款——完工撤场，竣工验收——售后服务，维修保障

1）如何解读广告宣传，业务咨询

公司政策宣传，设计流程解说，取费方式的提出等。

2）如何解读测量房屋，商议洽谈

公司派出设计师及业务员测量施工现场，接受客户所提出要求，商讨装饰装修细节部分。

3）如何解读设计方案，预算报价

设计师设计初步方案，包括平面图、顶面图及装饰装修概预算等，并就初步方案与客户商议。

4）如何解读设计图纸，审定图纸

达成基本意向后，客户交纳部分定金或设计费，设计师设计绘制后期施工图、截点大样图及效果图，并就细节再次商定。

5）如何解读签订合同，交付首款

认可设计方案及预算后，装饰公司与客户签订合同，客户须正式交纳首款，一般为装饰工程全额的30～50%。

6）如何解读现场说明，施工交底

装饰公司安排施工事宜，设计师、客户及施工员在施工现场集合，就设计与施工事宜最后说明。

7）如何解读人员到位，材料进场

装饰公司的装饰材料和施工人员到达现场并携邀客户材料验收审定。

8）如何解读施工进行，分期付款

造型施工开始；分期分批付款。

9）如何解读完工撤场，竣工验收

装饰公司完工后组织客户及第三方监理验收，装饰施工工程结算，公司将工程资料存档备案，工程合格后均可投入使用。

10）如何解读售后服务，维修保障

装饰公司提供保修单、注意事项、使用说明书及工程水电管线竣工图，并对客户定期回访，组织维修。

＊ 4．如何做装修载体规划

通常情况下，业主会在新房发钥匙之前就去装饰公司咨询，考察装饰公司包括对公司的选择、

设计师的选择、施工队伍的选择、预算报价的对比以及承包合同是否规范这五个方面。

装修工程的承包方式有全承包方式、包清工方式和包工包辅料方式三种。

＊ 5. 怎样选择装饰公司

看装饰公司是否有正确的营业执照、资质证书及等级，是否具备相应的设计、施工能力。市场上的装饰公司主要分为直营店和加盟店两种，前者的管理和资质独立享用，可靠性较强，但消费较高；后者的营业执照及资质证书都是延用总店的，为了获取业务，价格往往相对较低。业主在调查市场时应认真比较。

1）装修资质有哪些重要性

资质是建设行政主管部门对施工队伍能力的一种认定，它从注册资本金、技术人员结构、工程业绩、施工能力、社会贡献等六个方面对施工队伍进行审核，分别核定为1～4个级别。选择有资质的企业使技术力量有保证，从事家庭装修一般不会有问题。由于家庭装修市场的混乱，有资质等级、特别是有高资质等级的单位不愿承接，而有营业执照、营业范围内有装饰装修项目的大部分企业，又没有到建设行政主管部门办理资质，这就给家庭装修施工队伍质量的识别带来许多困难，需要认真鉴别。

2）参观样板房要注意什么

参观装饰公司已完工的住宅案例，了解其设计水平和工艺水平，着重关注装饰细部的平整度、边角的锐利度等。不少公司为获取业务，拉拢客户，通常花高价将样板房设计制作得非常优异，而实际为业主提供的则是平庸甚至低劣的服务，业主应参观单一公司的多个样板房才能做出最后决定，最好能够看到已经入住的样板房，通过与其业主的沟通进一步了解这家公司的实力。

3）装修公司的设计能力有哪些重要性

了解装饰公司的设计力量。知名装饰公司都有固定的优秀设计师，名牌院校毕业，市场认知度较好；而规模较小的装饰公司为减少成本，聘请无设计经验的在校学生或没有学历的"三个月速成式"的低素质人员，其方案抄袭较多，可操作性差，为日后的生活埋下隐患。

4）如何查阅装饰公司的报价体系

将自己从市场上考察得来的材料价格和施工价格熟记在心，比较装饰公司的额定价格，看其透明度多高，并与其施工工艺比较，看性价比是否合算。同时也要防止装饰公司虚报和少报工程项目来引诱客户签定合同，日后把增项的费用加到一起，价格可能会高出很多。

5）如何与装饰公司的员工接触

装饰公司的员工素质是公司的外部形象，业务员、设计师的态度热情，谈吐严谨，措词准确是信誉良好的保证。当然也要识别花言巧语的蒙骗。最简单的鉴别方法就是利用自己在材料市场上所获得的一部分知识，询问设计人员及业务人员，看其回答是否正确、是否有回避关键问题等，从这些方面很容易看出这个公司的整体素质和实力。

* 6. 怎样选择设计师

现今装饰公司的全职设计师基本上都达到了大专学历，正向本科迈进。而知名装饰公司，尤其是全国连锁甚至跨国经营的大型公司则会聘有设计能力较强、经验丰富的硕士及博士研究生。但对于国内的连锁大型公司来讲，这类高素质人员多集中在总公司，其他分公司的设计人员很难保证，有不少小型加盟装饰公司为节约经营成本，聘用电脑培训班的操作员，知识结构单一，经验短缺，损害了业主的实际利益，所以说并不是品牌公司的设计师就一定好。

1）设计师的专业背景有哪些

现今设计师的专业出身主要有建筑学、室内设计、环境艺术设计、装潢设计等多种专业。也有其他行业，如计算机、多媒体信息等，毕业后转入装饰行业的，门类参差不齐。大型装饰公司的操作方式一般是将两至三名不同专业背景的设计师组成设计小组，承接某一户型的设计创意方案，从各层次各角度合理分配各设计师的优势。如面对小型公司则应选择当地知名艺术设计院校毕业的室内设计专业背景的设计师，因为其室内设计的专业性会较强，知识结构划分细致。

2）设计师的工作经验有哪些重要性

工作经验是设计师个人能力塑造和工作年限的积累。从谈吐言辞中可察觉到其能力素质，如果一个设计师连生活经验都没有，怎么可能设计出一个既美观又实用的厨房呢，利用书本的知识做设计远不如根据实际经验做设计更实用。

3）如何选择获奖设计师

了解设计师的成功案例，选择适合自己的风格形态。省会及以上的大中城市每年都会举办装饰设计比赛，该设计师如果能参加并获得奖项，则可比较信赖。但是要注意比赛奖项的权威性，有的装饰公司自己为扩大知名度私自购买奖杯、自制奖项，需要将设计师的作品深入了解才可下定结论。

4）如何与设计师沟通

向设计师说明家庭成员的数量、年龄、喜好及特殊要求，提出自己的预算金额上限，最好能邀设计师到住宅装修现场实体考察，边看边谈，则不会漏掉局部细节。当设计师提出自己的方案时，应充分考虑其合理性，不宜一味否定。毕竟优秀的设计师经验丰富，必定会为客户考虑周全，满足主要装饰功能。

＊ 7．怎样选择施工队

工地参观现场，可对有意向的装饰公司和施工队进行现场考察，与施工员直接对话。了解他们的制作流程和特色，以及施工现场装修建材是否有序摆放，卫生状况是否良好等。

另外，施工人员个人素质也是参考的重要因素，看其工作态度是否严谨认真、生活作风是否正派、工作期间是否有人喝酒吸烟等都是保障业主利益的关键。

1）施工人员的组织结构有哪些

施工人员的组织结构，正规齐全的施工队应配备相应的水工、电工、木工、油漆工、小工（搬运除渣等辅助人员）等，在施工过程中有统一领导、统一技法，定期开会商议工程进度；各工种中大小师傅配置合理，工期进度稳定。内部管理是一个施工队的主要实力考察，可以说管理决定施工队伍的一切。

2）施工人员应具备哪些素质

施工人员的专业应变能力的判定非常重要。家庭装修不同于公共建筑物的装修，如家庭成员意见的不一致必然反映在工程的施工过程中。如果没有较强的现场设计能力和灵活的现场指挥机制,很难准确地实现家庭成员提出的构思和设想，容易发生纠纷和矛盾。施工专业能力的考察除对以往工程图纸和作品之间差异进行分析外，就是在现场测量、设计交底时判定,如果在现场测量、设计时，能够较好地体现业主的装修意图,并提出几个方案供选择，其专业能力将不会有问题。

＊ 8．什么是预算报价

预算是指预先算出装饰装修工程所消耗的人工费、材料费和管理费等费用的价值总和。正确合理的预算能完整地反映一定量的合格产品所规定的消耗标准。家庭装饰工程的预算包括直接费与间接费两大部分。

＊ 9．什么是直接费

直接费包括人工费、材料费、机械费等一切直接反映在装饰装修工程中的费用，通常情况下是以单位面积下的工程量乘以该工程的单位价格所得出的费用数据。

1）什么是人工费

人工费是指装修工人的基本工资及基本生活费用，如一般情况下一个成熟的木工一天的人工费为100～150元，一个成熟的油工一天的人工费为120～180元。这里包含了基本工资和基本生活费用，但并不是所有的木工或油工都是"成手"，如某装饰公司为业主指派了四个木工，其中"成手"只有一名，其他三名为一名有经验的木工和二名学徒工。但装饰公司的报价中却是按照四个"成手"木工的价格来报给业主，无形中就使业主受到了经济损失。

2）什么是材料费和机械费

材料费是指装修工程中用到的各种装饰材料成品、半成品及配套用品费用；机械费是指机械器具的使用、折旧、运输、维修等费用。

* 10．什么是间接费

间接费主要包括管理费、实际利润、税金等，是装饰工程为组织设计施工而间接消耗的费用，也是业主必须承担的。

1）什么是管理费

管理费是指用于组织和管理施工行为所需要的费用，包括装饰公司的日常开销、经营成本、项目负责人员工资、工作人员工资、设计人员工资、辅助人员工资等，目前管理费取费标准按不同装饰公司的资质等级来设定，一般为直接费用的5～10％。

2）什么是实际利润

实际利润是装饰公司作为商业营利单位的一个必然取费项目，为公司以后的经营发展积累资金。尤其是私营企业，获取计划利润是私营业主开设公司的最终目的，一般为直接费的5～8％。

3）什么是税金

税金是直接费、管理费和计划利润总和的3.4～3.8％，凡是具有正规发票的装饰公司都应有向国家交纳税款的责任和义务。

* 11．预算报价怎样计算

预算总价＝直接费＋管理费＋实际利润＋税金

其中管理费为直接费乘以5～10％，实际利润为直接费乘以5～8％，税金为直接费＋管理费＋实际利润之和乘以3.4～3.8％。

* 12．正规的装修合同是怎样的

签订合同之前应查看装饰公司及施工队的工商营业执照、资质证书、设计图纸、预算报价、材料清单等相关资料，确保该合同真实有效。对上述材料所列举的项目名称、材料、数量、单价、总价、管理费、税金等各项数据核实准确。最好有第三方认证到该装饰公司所属的主管机构进行公证，并加盖公章，确保在出现矛盾时能有仲裁和调解的地方。

＊ 13．正规的装修合同都包含哪些内容

装饰装修合同的主要内容包括：甲方（发包人即消费者）姓名，乙方（承包人即装饰公司）名称、法人代表、营业执照号、注册地址、委托代理人、设计师和施工队负责人，工程概况，工程监理，工程实施环境及设计图纸，甲方工作，乙方工作，工程变更，材料供应方式，工期延误，质量验收标准，售后服务，工程款支付方式，违约责任及争议解决方式，附则，其他约定事项，各种合同附件（包括设计图纸、装饰施工工艺流程表、甲乙双方材料供应单、工程变更单、预算报价单、环境污染预评书等）。

＊ 14．正规的预算书项目有哪些

每位准备装修的业主都知道，家装工程的报价是必不可少的。一个能够保护自己合法利益的家装报价应该包括项目名称、计量单位、数量、单价、合计金额，同时应该标注必要的材料品牌、型号、规格以及材料的等级。同时，简单的工艺做法在预算单的备注栏里也应做出简单的标注。

＊ 15．为什么设计图纸必须齐全

施工开始以后，由于设计师与业主与施工人员的沟通问题，以及施工现场的某些复杂因素，这时会非常容易就与业主出现摩擦。最主要的反映就是业主会发现，这时候的图纸与设计师在签合同之前与自己谈的有很大出入。这里面出现分歧的最主要的原因也许是双方对同一个项目的不同理解，如颜色、造型、尺寸等。由于口头的交流很难表述清楚，所以出现分歧就不足为奇了。因此，在签订合同时最好把相关的图纸准备好，即使事后对图纸有所变更，也是在合同必要的图纸基础上更改。这样做的结果对合同的双方都是比较有利的。

1）设计图纸为何要比例准确

设计师设计的可能是一个很漂亮的造型吊顶，可是现场制作出来以后，与设计相差甚远。其实检查其原因，就是设计师没有按照实际尺寸来做设计图纸，而是把图纸按照虚拟的图画来制作的。所以，一张设计图纸必须按照严格的比例来制作。

2）设计图纸为何要尺寸详细

有些设计图纸由于没有在准备施工的现场做认真细致的测量，所以很多尺寸在设计时有遗漏，尤其是一些关键尺寸如果在设计时没有掌握，有可能在施工时产生设计与施工脱节的情况。

3）设计图纸为何要标注材料

在设计图纸上应该标注出来主要材料的名称以及品牌，这对于后面施工人员依照图纸施工很有帮助。

4）设计图纸为何要标注简单工艺

在施工图纸中标注必要的制作工艺是为了约束施工人员在施工过程中偷工减料，保证业主得到一个与合同洽谈相符的工程项目。

＊ 16．什么是全承包方式

装饰公司根据客户所提出的装饰装修要求，承担全部工程的设计、施工、材料采购、售后服务等一条龙工程。这种承包方式一般适用于对装饰市场及装饰材料不熟悉的业主，且他们又没有时间和精力去了解这些情况。采取这种方式的前提条件是装饰公司必须深得客户信任。在装饰工程进行中，不会产生双方因责权不分而出现的各种矛盾，同时也为客户节约宝贵的时间。

在选择这种方式时，不应怜惜资金，应选择知名度较高的装饰公司和设计师，委托其全程督办；签订合同时，应注明所需各种材料的品牌、规格及售后责权等；工程期间也应抽出时间亲临现场进行检查验收。

＊ 17．什么是包清工方式

装饰公司及施工队提供设计方案、施工人员和相应设备，由业主自备各种装饰材料。这种方式适合于对装饰市场及材料比较了解的业主，通过自己的渠道购买到的装饰材料质量信赖可靠，经济实惠。不会因装饰公司在预算单上漫天要价、材料以次充好而蒙受损失。但在工程质量出现问题时，双方责权不分，部分施工员在施工过程中不多加考虑，随意取材下料，造成材料大肆浪费，这些都需要业主投入更多的时间和精力。

大型装饰公司业务量广泛，没有材料利润一般不承接工程，而小公司在业务繁忙时也随意聘用马路"游击队"，使装饰工程质量最终得不到保证。这种方式一般适用于亲友同事等熟人介绍的施工队，但一定要有前期案例，业主自身才有可比性。

* 18. 什么是包工包辅料方式

又称为"大半包"，这是目前市面上采取最多的方式，由装饰公司负责提供设计方案、全部工程的辅助材料采购（基础木材、水泥砂石、油漆涂料的基层材料等）、装饰施工人员及操作设备等，而客户负责提供装修主材，一般是指装饰面材，如木地板、墙地砖、涂料、壁纸、石材、成品橱柜的订购安装、洁具、灯具等。

这种方式适用于大多数家庭装修，在选购主材时虽然需要消耗相当的时间和精力，但主材形态单一，识别方便，外加色彩、纹理都需要个人喜好设定，绝大多数家庭都乐于这种方式。

四、怎样规划出
自己喜欢的家

* 1. 可供大众选择的设计风格有哪些

随着社会的发展，人们生活水平的不断提高，人们对装修风格也有了不同的理解与要求。近年来，家庭装修中比较常见的设计风格有中式风格、欧式风格、北欧风格、现代风格、后现代风格、自然风格、混合型风格、地中海风格、美式乡村风格、新古典风格、新欧式风格、新中式风格、现代简约风格、现代前卫风格等。

* 2. 怎样装出中式风格

我国历史悠久，室内装饰装修的风格形态是延续建筑厚重规整、中轴线左右对称等教条理论来制定的。尤其是中国传统建筑的木结构装修内容丰富，如藻井、吊顶、罩、隔扇、梁枋装饰等，对现代装修均有较深的影响。中国传统装饰风格擅长在隔断上采取古典元素造型的家具，如现今的博古架、玄关、装饰酒柜、梭拉门等构件。此外还常用玩器、字画、匾额及对联等装饰品丰富墙面，在摆设上讲求对称、均衡等要素。

* 3. 怎样装出欧式风格

欧洲的古典主义风格主要源于古希腊、古罗马的建筑装饰造型，主要特点是外观形态庄重严肃，内部细节精巧纤细，体现出皇权贵族的神圣。作为欧洲文艺复兴时期的产物，古典主义设计风格继承了巴洛克风格中豪华、动感、多变的视觉效果，也吸取了洛可可风格中唯美、律动的细节元素，受到了社会上层人士的青睐。特别是古典风格中，深沉里显露尊贵、典雅，浸透豪华的设计哲学，也成为这些成功人士享受快乐理念生活的一种写照。

＊ 4. 怎样装出北欧风格

北欧风格，是指欧洲北部五国挪威、丹麦、瑞典、芬兰和冰岛的室内设计风格。其森林资源丰富，在装修中充分体现木材的木质纹理，在居室顶、墙、地面上使用合谐中性的浅灰基调色彩及纹理，相互协调。北欧风格简洁、现代，符合年轻人的口味。想要营造一个北欧风格的居家空间，色调上以浅色系为主，如白色、米色、浅木色等，而材质方面以自然的元素，如木材、石材、玻璃和铁艺等，它们都无一例外地保留这些材质的原始质感。

北欧风格以简洁著称于世，并影响到后来的"极简主义"、"后现代"等风格。在20世纪的"工业设计"浪潮中，北欧风格的简洁被推到极致。反映到居室装修方面，就是室内的顶、墙、地六个面，完全不用纹样和图案装饰，只用线条、色块来区分点缀；反映在家具上，就产生了完全不使用雕花、纹饰的北欧家具。

＊ 5. 怎样装出现代风格

现代风格起源于1919年成立的鲍豪斯学派，该学派处于当时的历史背景，强调突破旧传统，创造新建筑。重视功能和空间组织，注意发挥结构构成本身的形式美，造型简洁，反对多余装饰，崇尚合理的构成工艺，尊重材料的性能，讲究材料自身的质地和色彩的配置效果，发展成了非传统的以功能布局为依据的不对称的构图手法。鲍豪斯学派重视实际的工艺制作操作，强调设计与工业生产的联系。

现代风格应具有现代的特色、其装饰体现功能性和理性，再简单的设计中，也可以感受到个性的构思。色彩经常以棕色系列（浅茶色、棕色、象牙色）或灰色系列（白色、灰色、黑色）等中间色为基调色；材料一般用人造装饰板、玻璃、皮革、金属、塑料等；用直线表现现代的功能美。

* 6. 怎样装出后现代风格

后现代主义与现代风格相悖，后现代风格强调建筑及室内设计应具有历史的延续性，但又不拘泥于传统的逻辑思维方式，探索创新造型手法，讲究人情味。常在室内设置夸张、变形、柱式和断裂的拱，或把古典风格中的部分抽象形式，重新组合一起，即采用非传统的混合、叠加、错位、裂变等手法和象征、隐喻等手段。这种融合应是具有变化的，而不能一概抄袭。对后现代风格不能仅仅以所看到的视觉来评价，需要我们透过形象从设计思想来分析。

* 7. 怎样装出自然风格

自然风格倡导"回归自然"，美学上推崇自然、结合自然。在当今高科技、高节奏的社会生活中，使人们能得到生理和心理的平衡。因此室内多用木料、织物、石材等天然材料，显示出材料的纹理，清新淡雅。此外，由于宗旨和手法的类同，也可把田园风格归入自然风格一类。田园风格在室内环境中力求表现悠闲、舒畅、自然的田园生活情趣。也常运用天然木、石、绿色植物等质感质朴的纹理。精巧的设置室内绿化，创造自然、简朴、高雅的氛围。

* 8. 怎样装出混合型风格

近年来，室内设计的发展在总体上呈现多元化，兼容并蓄的趋势。室内布置中也有既趋于现代实用，又吸取传统的特征，在装饰与陈设中融古今中外于一体，例如传统的屏风、书画和茶几，配以现代风格的墙面、灯具和新型的沙发；欧式古典的琉璃灯具和壁面装饰，配以东方传统的家具和伊斯兰的陈设、小品等。混合型风格虽然在设计中不拘一格，运用多种风格，但设计中仍然是匠心独具。可深入推敲造型、色彩、材质等方面的总体构图和视觉效果。

不同性格、不同文化修养和不同年龄和职业的人其居住空间环境的风格及个性要求是不同的，居家环境风格的设计要结合个人的实际情况进行选择、定位。

* 9. 怎样装出地中海风格

地中海文明一直在很多人心中都蒙着一层神秘的面纱，给人一种古老而遥远的感觉。这种风格的形成是九至十一世纪文艺复兴前的西欧，以其极具亲和力的田园风情及柔和的色调和大气的搭配组合，很快地被地中海以外的广大区域人群所接受。对于久居都市、习惯了喧嚣的现代都市人而言，地中海风格给人们以返璞归真的感受，同时也体现了对于更高生活质量的追求。

这种风格装修的居室，空间布局形式自由，颜色明亮、大胆、丰厚却又简单。其装修设计重点是捕捉光线，取材天然的巧妙之处。蓝与白、黄、蓝紫和绿、土黄及红褐，是常见的主要色系。而这种纯美的色彩组合，让人们感受到舒适与宁静的最大魅力。

*10.怎样装出美式乡村风格

美式古典乡村风格带着浓浓的乡村气息,以享受为最高原则,色彩以自然色调为主,绿色、土褐色最为常见,壁纸多为纯纸浆质地,家具颜色多为仿旧漆,式样厚重,彻底将以前欧洲皇室贵族极品家具平民化,气派且实用。美式家具的材质以白橡木、桃花心木、或樱桃木为主,线条简单。

目前所说的乡村风格,绝大多数指的都是美式西部的乡村风格。西部风情运用有节木头以及拼布,主要使用可就地取材的松木、枫木,不用雕饰,仍保有木材原始的纹理和质感,还刻意添上仿古的斑痕和虫蛀的痕迹,营造出一种古朴的质感,展现原始粗犷的美式风格。

*11.怎样装出新古典风格

新古典主义的主要特点是把古典主义和现代主义两种风格结合起来,根据新技术、新材料和新需求,加入新的设计。这一风格较为流行,就家居文化来说,新古典主义是指在传统美学的规范下,运用现代的材质及工艺,去演绎传统文化中的精髓,使设计不仅拥有典雅、端庄的气质,还具有鲜明的时代特征。

新古典主义是古典与现代的完美结合,它的精华来自古典主义,但不是仿古更不是复古,而是追求神似。

*12.怎样装出新欧式风格

当人们的现代物质生活要求不断得到满足时,又萌发出一种向往传统、怀念古老珍品、珍爱有艺术价值的传统情节。这种风格突出了深沉里显露尊贵、典雅中浸透豪华的设计哲学。其格调相同

的壁纸、窗幔、地毯、家具、外罩等装饰织物，以及陈列着颇具欣赏价值的各式传统餐具、茶具的饰品柜，给古典风格的家居环境增添了端庄、典雅的贵族气质，颇受成功人士所喜爱，是享受生活的一种真实写照。

＊ 13．怎样装出新中式风格

新中式风格主要包括两方面的基本内容，一是中国传统风格文化意义在当前时代背景下的演绎；一是对中国当代文化充分理解基础上的当代设计。新中式风格不是纯粹的元素堆砌，而是通过对传统文化的认识，将现代元素和传统元素结合在一起，以现代人的审美需求来打造富有传统韵味的事物，让传统艺术在当今社会得到合适的体现。新中式风格屏弃了传统中式的烦琐，很适合现代人的生活节奏。

＊ 14．怎样装出现代简约风格

现代简约风格运用新材料、新技术建造可适应现代生活的室内环境，以简洁明快为主要特点、重视室内空间的使用效能，强调室内布置按功能区分的原则进行家具布置与空间密切配合，主张废弃多余的、繁琐的附加装饰，在色彩和造型上追随流行时尚。少了些繁杂，多了些纯净；少了些华丽，多了些简洁；少了些摆设，多了些实用功能。

* 15. 怎样装出现代前卫风格

二十世纪80年代末，中国一批年轻的艺术家和批评家开始使用"前卫"一词，并在短时期内，以"非艺术独立性"为这些中国作品赢得了"前卫"的称号。比简约更加凸显自我、张扬个性的现代前卫风格已经成为艺术人类在家居设计中的首选。无常规的空间结构，不拘一格，大胆追求新颖的造型、明快的色彩，以及刚柔并济的材质搭配，无不表现出了艺术人类的生活方式。

* 16. 家居照明有哪些重要性

光是生命的起源。借助于光，人类才认识了世界；有光，人类进行各种改造世界的活动才成为可能。而且光还具有创造各种意境的作用，使人能在不同的氛围中体验它的魅力。

1）什么是家居照明

所谓家居照明，是相对室内环境自然采光而言的。它是依据不同建筑室内空间环境中所需的照明度，正确选用照明方式与灯具类型来为人们提供良好的光照条件，使人们在建筑室内空间环境中能够获得最佳的视觉效果。同时还能够获得某种气氛和意境，增强其建筑室内空间表现效果及审美感受的一种设计处理手法。

2）家居照明有哪些重要性

从居住环境来看，如果没有光线必然会影响人们的正常生活，所以居住环境中的采光与照明是人们日常生活中必备的条件之一，也是人们审美情趣上的基本要求。尤其是居住环境的照明，它既能强化我们所要表现的环境空间，也可淡化或隐藏那些不愿外露的私密空间。

17. 如何利用自然光线

在家居照明设计中，自然采光是考虑的重点。在室内利用自然光主要分为顶部受光和侧部受光两种。居室内的光源通过顶面、窗户等获取，一般而言，顶部天窗垂直采光的亮度是侧面普通窗采光的三倍。这种光源一般用于高层住宅顶楼或别墅顶层，可以在建筑结构上直接或间接地开设天窗。侧面采光一般通过多层住宅或高层住宅靠墙开设的窗户入射。

我国处于北半球，住宅建筑的定制形式以坐北朝南居多，一般是南北方向开窗，采光时间长，光源稳定，光线适中，可以通过窗帘等装饰物件来调节；而少数东西方向开设窗户的住宅空间，采光时间不定，光源变化多样，在设计和规划功能空间分配时应重新考虑上述空间的使用。

18. 利用自然光线有哪些方法

通常情况下，有侧面采光、上部采光和综合采光三种方法。

1）什么是侧面采光

建筑本身的侧窗采光，一般采用此种形式，对于楼房建筑中顶层也有采用此法的。其特点是光的方向性强、结构简单、经济，但光线不均匀。

2）什么是上部采光

利用各种天窗或屋顶高低错落进行采光，其特点是采光量大，效果均匀，但结构一般较复杂，造价高，常用在楼房建筑的顶层。

3）什么是综合采光

同时使用侧面和上部采光，是一种比较理想的采光形式。

* 19. 利用人工光线有哪些方法

通常情况下，有普通照明、重点照明和装饰照明三种方法。

1）什么是普通照明

普通照明是指给予室内以均匀照度的采光形式，它能给室内带来一种照明背景，通常选用比较均匀的照明灯具，主要用于起居室与厨房等空间场所。

2）什么是重点照明

重点照明又称为局部照明，它是依据居住环境中某种特定活动区域的需要，使光线集中投射到某一范围内的照明形式。在居住环境中主要用于阅读、烹调、化妆及书写等处。

3）什么是装饰照明

装饰照明是为了增加居住环境的视觉美感、增加空间层次、丰富室内环境气氛而采用的特殊照明形式，如在起居环境聊天、休息用的壁灯，室内陈设的雕塑、绘画、盆景使用的射灯及节日在房间中设置的满天星彩灯、蜡烛等均属于这个范畴，用以增加活跃的气氛。

* 20. 人工照明灯具有哪些类别

一般分为吸顶灯、吊顶灯、壁灯、聚光灯、台灯、地脚灯、落地灯等。

1）什么是吸顶灯

在顶面或吊顶的外部饰面上安装的灯具，从外表看好像吸附在顶面基层部位，故称为吸顶灯。其光源能均匀地照亮所在的整个空间，有圆形、方形、特异形多种。

2）什么是吊顶灯

由顶面垂直或曲折吊下的灯具，灯头通过软线、直管等连接物件垂吊在居室内半空中，垂吊高度越低，光亮度越强，光源散发就越集中。吊顶灯是家用灯饰的主体，品种繁多，外形结构多样，材质构件丰富，按形体结构可分为枝形、花形、圆形、方形、宫灯式、悬垂式等。

3）什么是壁灯

又称为托架灯，通过安装在墙面上的支架器具承托灯头，一般以整体照明和局部照明的形式照亮所在的墙面及相应的顶面和地面。照明效果生动活泼，同时也是一种墙面的装饰手段。

4）什么是聚光灯

又称为射灯，安装在墙体吊顶内侧的灯具。主要集中照射地面、墙面上的重要装饰和家具。

如墙上的壁画、浮雕、装饰品等，以加强室内环境空间的明暗对比，营造特定的环境氛围。这种灯具一般可调节方向，外形以方形和圆形两种为主。

5）什么是台灯

用于写字台、床头柜、茶几上的辅助照明工具，一般用于工作学习。光照集中，强度可根据需要随意调节，按光源性质分主要有荧光灯和白炽灯两种。

6）什么是地脚灯

安装于装饰柜下及踢脚线边侧的小功率灯具。一般用于夜间活动，可避免眼部受强光刺激。也可设计成特殊造型，成为居室内装饰手法的一部分。

7）什么是落地灯

有各种样式的灯杆，其灯罩的造型更是多姿多彩，主要用于起居与睡眠环境，是室内环境不可缺少的陈设之一。

＊ 21．什么是直接照明

直接照明是指光源中90％以上的光线直接投射在被照明物体上，如筒灯、射灯等。

＊ 22．什么是半直接照明

半直接照明是指光源中60％～90％的光线直接投射在被照明物体上，其余的光线经反射后再照射到物体上。这种灯具一般带有漫射灯光罩。如台灯灯罩、落地灯灯罩上部的开口，向上照射的光线再通过顶面投射下来。

23. 什么是漫射照明

漫射照明是指光源中40％～60％的光线直接投射在被照明物体上，其余的光线经漫射后再照射到物体上。这种光线亮度较差，但光质柔软，一般都采用毛玻璃或半透明的乳白塑料灯罩，如普通的室内吊灯、壁灯等。

24. 什么是半间接照明

半间接照明是指光源中10％～40％的光线直接投射在被照明物体上，其余的光线经反射后再照射到物体上。大多数吊灯都采用这种照明方式，光线分面均匀，且居室顶面无投影，一般用于整体照明。

25. 什么是间接照明

间接照明是指光源中90％以上的光线都经过反射后才照到被照明物体上。如灯罩只有上端开口的落地台灯、立灯、壁灯等均属于此类照明形式。需要注意是的这种照明方式在单独使用时，不透明的灯罩下部会产生浓重的阴影，需用其他类型的照明方式加以调和。间接照明通常只用于居住环境的装饰，以渲染环境的气氛。一般是安装在柱子、吊顶凹槽处的反射型槽灯。

26. 客厅的照明怎样体现环保性

在客厅环境中的活动很多，主要包括会客、聊天、听音乐、看电视、与读书写字等，因此照明方式应多样化。比如多人聚会时采用的普通照明，可用吊灯、嵌顶灯与吸顶灯等；而听音乐、看电视则采用落地灯与台灯作局部照明；另外客厅环境中的各种挂画、盆景、雕塑与收藏艺术品等，可用射灯装饰照明。

* 27．卧室、书房的照明怎样体现环保性

卧室与起居室一样性能较多，光线的选择也多样。如睡眠时要求光线柔和，常用床头墙上壁灯或床头柜上的台灯；穿衣服、化妆时均要求光线均匀，常用卧室内的普通照明灯具，并利用衣柜前与梳妆台上的灯具作局部照明。

书房要求照明光线要柔和、明亮，并能避免眩光。灯具多以台灯为主，要求照明能有利于居住者精力充沛地学习与工作。

* 28．餐厅的照明怎样体现环保性

由于人们吃饭时比较注重菜肴的色香味，故要求照明的照度要明亮一些。主要采用下向照明的吊灯，光源范围最好不超过餐桌的范围，而且不能让光线直接射入人的眼睛。灯的亮度与高度应能调节，以适应就餐人数的变化。

* 29. 厨房、卫生间的照明怎样体现环保性

厨房通常采用普通照明的形式，在房间顶面设置吸顶灯，并在配菜、洗菜、炒菜的位置设局部照明灯具进行照明。

卫生间常在房间顶面设置一个吸顶灯，并在洗脸镜架上方设一个长条的防雾目光灯作局部照明。

* 30. 均匀和稳定是环保照明的基础

照度表示的是光的数量，但除了光的数量外，还必须注意光的质量。衡量光质量的因素之一就是照明的均匀性和稳定性。均匀性一般是指照度均匀和亮度均匀。视觉是否舒服眼睛愉快在很大程度上也决定了照明的均匀性；稳定性是指视野内照度或亮度保持一定的标准

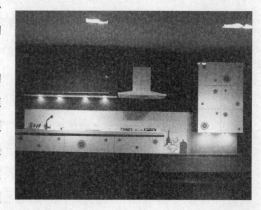

值，不产生波动，光源不产生频闪效应，否则眼睛需随照度的改变而不断调整瞳孔大小与明暗适应，增加了眼睛的额外负担。许多人盲目使用射灯，它本是用于重点照明的，有强调展示品的作用，但现在反而用在一般照明上。吊顶上的射灯使得顶部过分抢眼，对眼睛有极大的伤害。

31．光色效果是环保照明的支撑

光色效果是衡量光质量的又一因素。光源的光色包括色表和显色性。所谓色表，就是光源所呈现的颜色。如荧光灯灯光看起来像日光色，高压钠灯灯光看上去像是全白色；当不同的光源分别照射到同样一种颜色物体上时，该物体就会表现出不同的颜色，这就是光源的显色性。许多人为了省电，过多地使用节能灯，忽略了灯光在营造家庭气氛方面的作用。节能灯具是日光灯的一种，它虽然省电，但也有日光灯的缺点，即灯光过于冷白。因此，从营造居家温馨气氛的角度来看，过多地使用节能灯具是不合理的。

32．眩光是环保照明的弊端

产生目眩的光称眩光。眩光多来于外界物体表面过于光亮（如电镀抛光）、亮度对比过大或直接强光照射。眩光刺激眼睛，阻碍视力，造成不舒适的视觉条件，应尽量加以避免。许多人在装修时，喜欢大面积地运用金属、玻璃材料，此时就应该充分考虑这些材料对光的反射、折射性能，避免过多的光源产生眩光。

33．什么是环保照明的安全原则

灯具安装场所是人们在室内活动较为频繁的场所，所以安全是第一位的。这就要求灯光照明设计应该绝对安全可靠，必须采用严格的防护措施，以免发生意外事故。有些设计师只为了表现居室的灯光绚丽，根本不考虑安全性能。照明设计不单纯是美学设计，还要具备一定的电工知识基础。

34．什么是环保照明的实用原则

灯光照明设计必须符合功能的要求，根据不同的空间，不同的对象选择不同的照明方式和灯具，并保证适当的亮度。例如室内的陈列，一般采用强光重点照射以强调形象，其亮度比一般照明要高出3～5倍。书房的环境应是文雅幽静、简洁明快，光线最好从左肩上端照射，或在书桌前方装设亮度较高又不刺眼的台灯。专用书房的台灯，宜采用艺术台灯，如旋壁式台灯或调光艺术台灯，使光线直接照射在书桌上。书房一般不需全面设置照明，为检索方便可在书柜上设隐形灯。

✳ 35．什么是环保照明的美观原则

灯具不仅起到保证照明的作用，而且由于其十分讲究造型、材料、色彩、比例，已成为室内空间不可缺少的装饰品。通过对灯光的明暗，隐现，强弱等进行有节奏地控制，采用透射，反射，折射等多种手段，创造风格各异的艺术情调气氛，为人们的生活环境增添丰富多彩的情趣。例如：家庭中餐厅的灯光设计，灯饰一般可用垂悬的吊灯，为了达到效果，吊灯不能安装的太高，在用餐者的视平线上即可；如果是长方形的餐桌，则应安装两盏吊灯或长的椭圆形吊灯，吊灯要有光的明暗调节器与可升降功能，以便兼作其他工作用；中餐讲究色、香、味、意、形，往往需要明亮一些的暖色调。

✳ 36．什么是环保照明的合理性原则

灯光照明并不一定是以多为好，以强取胜，关键是要科学合理。灯光照明设计是为了满足人们视觉和审美的需要，使室内空间最大限度地体现使用和欣赏价值，并达到使用和审美功能的统一。华而不实的灯饰非但不能锦上添花，反而是画蛇添足，同时造成电力消耗和经济上的损失，甚至还会造成光环境的污染，从而影响身体的健康。例如：许多人喜欢在客厅设计一盏大方明亮的高档豪华吊灯，但不是每个空间都适合这种设计的。如客厅层高超过3.5m以上的，可选用档次高，规格尺寸稍大一点的吊灯；若层高在3m左右的，宜用中档、规格尺寸稍小一点的吊灯；层高在2.5m以下的，宜用中档装饰性吸顶灯而不用吊灯。

✳ 37．色彩搭配是怎样体现环保的

色彩是由光的作用而显示出来，阳光具有一定的热能，不同的色彩对阳光辐射的反射吸收各不相同，对热量的吸收也不同，浅色反射强，热量吸收少；深色反射弱，热量吸收多。所以夏季室内的窗帘在选择时，仅考虑布料的厚薄是不够的，还应该选用一些浅色窗帘，以减少对热量的吸收。

色彩对光的反射作用不同，可以利用色彩来调节室内的亮度，如果室内采光较差，室内色彩宜用浅色，提高反射系数，使室内明亮起来。光源对色彩影响也比较大，特别当采用人造光源：白炽灯光源呈暖黄色，日光灯光源呈冷蓝色，在这样的光线下，各种色彩也随之发生一定的变化。

✳ 38．色彩搭配对人的生理有哪些影响

色彩通过人的视觉神经传入大脑，会对人的血压、脉搏、心率等产生影响。一般情况下，卧室书房宜用清淡的色彩，而不应用红色等鲜艳的色彩。因为红色对人的神经系统有着强烈的刺激，使脉搏加速跳动，导致血液循环加速，使人焦躁不安，无法沉稳下来入睡或工作。

✳ 39．色彩搭配对人的心理有哪些影响

色彩的心理特性包括物质性和精神性心理效果两个方面。色彩对人的心理产生的影响广泛而强烈，人生存在五彩缤纷的空间里，积累了许多色彩知识和经验，当某一色彩刺激人的视觉神经，使人的大脑产生联想，会出现某种错觉或主观感觉。

1）什么是色彩物质性心理效果

色彩物质性心理效果：指色彩对人的心理产生冷与暖、轻与重、进与退、膨胀与收缩等感受。这种感受的形成是人的视觉经验与心理联想的结果，是非客观真实的一种错觉，例如人们在冷色与暖色的两种室内的温度感相差3～4℃。在居室设计时，对阴面的房间色彩应选择暖色调，增加温暖的感觉，而阳面的房间选择中性或偏冷色调，使阳面房间温度不至于显得过热。又如人们对明度高的色彩产生轻的感觉，对明度低的色彩产生重的感觉，在室内设计中顶面的色彩，除特殊效果外，一般采用浅色，否则会产生沉重压抑的感觉。针对色彩的进退、膨胀与收缩等感受，可以利用室内墙面或家具的色彩调节室内空间形象。

2）什么是色彩精神性心理效果

色彩精神性心理效果：色彩不但能够表达人类的内心情感，还能进一步表达人的观念和信仰。由于人的性别、年龄、职业、受教育程度等存在着差别，对色彩的喜爱与理解也不同。色彩不但产生具象联想，还能产生抽象联想。例如我国古代黄色成为封建帝王的代表色，象征着高贵与特权。现在又赋予了一些色彩新的内涵，红色具有革命、热情等意义，绿色象征着生命、和平等。

✳ 40．红色有哪些心理特征

热情、活泼、引人注目、热闹、艳丽、令人疲劳、革命、公证、喜气洋洋、幸福、吉祥等。

✳ 41．橙色有哪些心理特征

火焰、光明、温暖、华丽、甜蜜、喜欢、兴奋、冲动、力量、充沛、暴躁、嫉妒、疑惑、悲伤等。

* **42．黄色有哪些心理特征**

明朗、快活、自信、希望、高贵、贵重、进取向上、德高望众、富于心计、警惕、注意、猜疑等。

* **43．绿色有哪些心理特征**

幼芽、新鲜、春天、平静、安逸、安全、生命、和平、可靠、信任、公平、理智、理想、纯朴、平凡、卑贱、森林、深谷、凉爽、幽静等。

* **44．蓝色有哪些心理特征**

天空、水面、太空、寒冷、遥远、无限、永恒、透明、沉着、理智、高深、冷酷、沉思、简朴、忧郁、无聊等。

* **45．紫色有哪些心理特征**

朝霞、紫云、优美、优雅、高贵、娇媚、温柔、昂贵、自傲、美梦、虚幻、魅力、虔诚、幽灵、浪漫等。

* **46．黑色有哪些心理特征**

黑夜、丧服、黑暗、罪恶、坚硬、沉默、绝望、悲哀、严肃、恐怖、刚正、铁面无私、忠毅、粗莽等。

* **47．白色有哪些心理特征**

洁白、明快、清白、纯粹、真理、朴素、神圣、光明、失败等。

* **48．灰色有哪些心理特征**

阴天、灰尘、阴影、烟幕、乌云、浓雾、灰心、平凡、无聊、消极、谦虚、暧昧、无主见、死气沉沉等。

* **49．黄色调怎样搭配最具环保性**

以黄色为基调的室内色彩给人特别醒目、活泼的感觉。在黑色等对比色的衬托下，黄色的力量感会被无限扩大，使室内空间充满着生命的希望。

* 50．红色调怎样搭配最具环保性

红色是生命的象征。鲜艳的红色强烈、热情，让人感觉充满活力。中国传统中更是将红色作为吉利、喜庆、繁华的象征。粉红色柔和而浪漫，深红色豪华而稳重。红色调在室内设计中的运用会给人甜蜜、温柔之感，能产生独特的情感。值得注意的是，在家居环境中使用太多艳丽豪华的红色，会使家庭无法发挥其舒适、放松的功能，只有合理运用，才能更好地发挥红色的效果。

* 51．橙色调怎样搭配最具环保性

以橙色系为基调的色彩是最暖的色彩，它让人联想到温暖的阳光、金色的秋天、丰硕的果实，因而产生一种富足、快乐而幸福的感觉。尽管现代人的色彩运用更趋于多元化，但相对而言，橙色系及以暖色为主的各种色彩在室内环境中运用较多，因为它们更易创造温馨亲切的感觉。

* 52．绿色调怎样搭配最具环保性

绿色是生命的象征。它意味着清新、自然、舒服、轻松与优雅。鲜艳的绿色美丽纯朴，无论蓝色或黄色的掺入，都使人有返回自然的感觉。尤其住在由钢筋水泥构建的城市中的人们，更向往大自然的绿色环境。室内运用绿色，其活泼的色、明快的感觉都会使人心情舒畅。黄绿色单纯、年轻；蓝绿色清秀、豁达；即使是含灰的绿色，也会让室内沉

浸在安静与平和的乡土风味中。

* 53. 蓝色调怎样搭配最具环保性

蓝色是深邃安静的颜色。蔚蓝色的天空与大海以其辽阔的景
色令人赞叹，令人体会到永恒。蓝色在色彩喜好的调查中经常名
列第一。因为蓝色充满在我们生活的四周，充满在生命得以生存
滋长的环境中，它如此静谧又安详，自古以来陪伴着人类。它不
像红色那样热烈，不像黄色那样耀眼，虽是含蓄的配角，却不能
没有蓝色，它意味着清爽，舒服、高雅、端庄与理智。

* 54. 紫色调怎样搭配最具环保性

紫色是高贵的颜色。中国古代文化中，紫气东来，象征着神
仙的祥瑞之气。它是光谱中最后的一位色，也是人眼最不易感觉
的颜色。但紫红色将光谱中的红与紫连接一起而成了色相环。偏
红的紫色由于具有红的成分而令人感觉愉快。偏蓝的紫色令人感
到悲哀或沮丧。浅淡的紫色柔和浪漫，让人觉得高雅；深暗的紫
色容易让人感觉心理不安；鲜艳的紫色摩登神秘。室内设计中如
果将紫色运用得当，会产生独特的温柔气氛。

* 55. 白与灰的组合怎样搭配最具环保性

白色是纯洁无瑕的象征，是最明亮的颜色。以白
色为主的浅色调，在现代室内空间中使用已越来越
多。因为它给人的感觉是温柔、祥和、罗曼蒂克、清
纯、淡雅、朴素、成熟、文静、梦幻、甜蜜……，虽
然有时感觉纤弱，但若很好地处理黑、白、灰的关
系，往往使室内在简洁中展示丰富，在平淡中体现高
雅，在清爽中突出多彩，极富现代感。

* 56. 黑与灰的组合怎样搭配最具环保性

鲜艳的色彩加了黑色，使色彩变深变暗，随着黑色成分的增加，色彩会越来越重。这不仅表现在明度上，也表现在给人的心理感觉上。鲜明的色彩属于活泼、朝气的年轻人，以黑为主色调则属于充满自信和智慧的中年人。黑色象征着高级、稳重、科技感、踏实、理智、成熟，是室内色彩中不可缺少的稳定色。

✳ 57．色彩在家居设计中有哪些重要性

色彩的搭配在室内设计中起着改变或者创造某种格调的作用，会给人带来某种视觉上的差异和艺术上的享受。人进入某个空间最初几秒钟内得到的印象中75％是对色彩的感觉，然后才会去理解形体。所以，色彩对人们产生的第一印象是室内装修设计不能忽视的重要因素。在室内装修中的色彩设计要遵循一些基本的原则，这些原则可以更好地使色彩服务于整体的空间设计，从而达到最好的境界。

✳ 58．什么是环保色彩的整体原则

在室内设计中色彩的和谐性就如同音乐的节奏与和声。在室内环境中，各种色彩相互作用于空间中，和谐与对比是最根本的关系，如何恰如其分地处理这种关系是创造室内空间气氛的关键。色彩的协调意味着色彩的基本要素即色相、明度和纯度之间的靠近，从而产生一种统一感，但要避免过于平淡、沉闷与单调。因此，色彩的和谐应表现为对比中的和谐、对比中的衬托，其中包括冷暖对比、明暗对比、纯度对比。

色彩的对比是指色彩明度与彩度的距离疏远，在室内装饰过多的对比，会给人眼花而不安的感觉，甚至会带来过分刺激感。为此掌握配色的原理，协调与对比的关系就显得尤为重要。缤纷的色彩给室内设计增添了各种气氛，和谐是控制、完善与加强这种气氛的基本手段。

* 59. 什么是环保色彩的功能原则

不同的空间有着不同的使用功能，色彩的设计也要随着功能的差异而做相应的变化。室内空间可以利用色彩的明暗度来创造气氛。使用高明度色彩可获得光彩夺目的空间气氛；使用低明度的色彩和较暗的灯光来装饰，则给人一种"隐私性"和温馨感。室内空间对人们的生活而言，往往具有一个长久性的概念，色彩在某些方面可直接影响人的生活，因此使用纯度较低的各种灰色可以获得一种安静、柔和、舒适的空间气氛。纯度较高的鲜艳色彩则可获得一种欢快、活泼与愉快的空间气氛。

* 60. 什么是环保色彩的构图原则

室内色彩配置必须符合空间构图的需要，充分发挥室内色彩对空间的美化作用，正确处理协调和对比、统一与变化、主体与背景的关系。在进行室内色彩设计时，首先要定好空间色彩的主色调。色彩的主色调在室内气氛中起主导、陪衬、烘托的作用。形成室内色彩主色调的因素很多，主要有室内色彩的明度、色度、纯度和对比度；其次要处理好统一与变化的关系，要求在统一的基础上追求变化。

为了取得统一又有变化的效果，大面积的色块不宜采用过分鲜艳的色彩，小面积的色块可适当提高色彩的明度和纯度。此外，室内色彩设计要体现稳定感、韵律感和节奏感。为了达到空间色彩的稳定感，常采用上轻下重的色彩关系。室内色彩的起伏变化，应形成一定的韵律和节奏感，注重色彩的规律性，否则就会使空间变的杂乱无章，成为败笔。

五、成本计算之
材料价格参考

* 1. 木龙骨的价格比较

产品名称	品牌	规格	参考价格
樟子松木龙骨（4根/捆）	典雅	30mm×50mm	63元/捆
樟子松木龙骨（4根/捆）	典雅	30mm×40mm	45元/捆
白松龙骨（4根/捆）	典雅	30mm×40mm	40元/捆
干燥木龙骨	绿峰	28mm×48mm	6元/m
四防木龙骨	绿峰	28mm×48mm	8元/m
防虫木龙骨	绿峰	28mm×48mm	10元/m

* 2. 轻钢龙骨的价格比较

产品名称	规格	参考价格	产品名称	规格	参考价格
特纳	75横	18元/根	华阳	38主	5元/米
杰科	75竖	9.3元/米	金桥吉庆	50辅	7元/米
恒丰	38主	2.8元/米	裕丰	75竖	9元/米
华阳	50主	3.3元/米	可耐福	50主	15元/米

* 3. 烤漆龙骨的价格比较

产品名称	参考价格	产品名称	参考价格
中北	11.5元/m	东立	8/m
阿姆斯壮	14/m	裕丰	10/m

续表

产品名称	参考价格	产品名称	参考价格
裕丰（凹面）	8.2/m	丰华	12/m

＊ 4．木线的价格比较

产品名称	品牌	规格	参考价格
沙比利平线	典雅	25mm×6mm	6元/m
榉木平线	典雅	60mm×12mm	10元/m
樱桃半圆线	典雅	25mm×8mm	15元/m
黑胡桃半圆线	典雅	25mm×8mm	18元/m
缅甸金丝柚平板线	龙升	25mm×5mm	6元/m
刚果沙比利平板线	龙升	45mm×5mm	8元/m
红樱桃阴角线	佑鑫	18mm×18mm	7元/m
柚木阴角线	佑鑫	18mm×18mm	9元/m
密度板门套线	典雅	60mm×10mm×2400mm	13元/根
樟松门套线	建华	60mm×12mm×2000mm	15元/根

＊ 5．电线的价格比较

产品名称	品牌	规格	参考价格
迪昌塑铜线	迪昌	BV4.0	5元/m
迪昌塑铜线	迪昌	BV2.5	4元/m
海燕塑铜线	海燕	BV4.0	6元/m
海燕塑铜线	海燕	BV2.5	4元/m
迪昌护套线	迪昌	RVV3×4	20元/m

续表

产品名称	品牌	规格	参考价格
迪昌护套线	迪昌	RVV3×2.5	15元/m
迪昌护套线	迪昌	RVV3×1.5	8元/m
海燕护套线	海燕	RVV3×4	30元/m
海燕护套线	海燕	RVV3×2.5	18元/m
海燕护套线	海燕	RVV3×1.5	12元/m

* 6. 铝塑复合管的价格比较

产品名称	品牌	规格	产地	参考价格
金德铝塑复合管	金德	Q1216	辽宁	9元/m
金德铝塑复合管	金德	L2025	辽宁	15元/m
大寨铝塑管(冷水)	大寨	A—2025	山西	16元/m

* 7. PP—R管材的价格比较

产品名称	品牌	规格	产地	参考价格
皮尔萨全塑PP—R管	皮尔萨	φ20. 壁厚3.4mm	土耳其	15元/m
皮尔萨全塑PP—R管	皮尔萨	φ25. 壁厚3.4mm	土耳其	20元/m
地康PP—R热水管	地康	φ20. 长3m、壁厚3.4mm	上海	35元/根
地康PP—R热水管	地康	φ25. 长3m、壁厚4.2mm	上海	60元/根
永腾PP—R热水管	永腾	φ20. 壁厚3.4mm	山西	16元/m
永腾PP—R热水管	永腾	φ25. 壁厚4.2mm	山西	25元/m

＊ 8．水泥的价格比较

产品名称	型 号	产 地	参考价格
双山（袋装）	普通硅酸盐42.5	北京	320元/吨
兴发（袋装）	普通硅酸盐42.5	北京	400元/吨
盾石（袋装）	普通硅酸盐32.5R	北京	420元/吨
双山（袋装）	普通硅酸盐32.5	北京	330元/吨
钻牌（袋装）	普通硅酸盐32.5	北京	280元/吨
呈龙（袋装）	普通硅酸盐42.5	天津	350元/吨
骆驼（袋装）	普通硅酸盐42.5	天津	320元/吨
成强（袋装）	普通硅酸盐42.5	天津	360元/吨
呈龙（袋装）	普通硅酸盐32.5	天津	290元/吨
骆驼（袋装）	普通硅酸盐32.5	天津	340元/吨
成强（袋装）	普通硅酸盐32.5	天津	280元/吨
海螺（袋装）	普通硅酸盐42.5	上海	360元/吨
三狮（袋装）	普通硅酸盐42.5	上海	320元/吨
海豹（袋装）	普通硅酸盐42.5	上海	370元/吨
海螺（袋装）	普通硅酸盐32.5	上海	310元/吨
三狮（袋装）	普通硅酸盐32.5	上海	330元/吨
海豹（袋装）	普通硅酸盐32.5	上海	350元/吨

＊ 9．白乳胶的价格比较

产品名称	品牌	规格	参考价格
白乳胶—4kg	美巢占木宝	4kg	70元/桶
白乳胶—16kg	美巢占木宝	16kg	260元/桶

续表

产品名称	品牌	规格	参考价格
BRJ—I白乳胶—5kg	三维	5kg	45元/桶
BRJ—I白乳胶—18kg	三维	18kg	120元/桶
BRJ—235白乳胶—18kg	三维	18kg	150元/桶
BRJ—I白乳胶—0.5kg	三维	0.5kg	8元/瓶
BRJ—I白乳胶—1kg	三维	1kg	12元/瓶
K—401白乳胶—20kg	光明	20kg	130元/桶
无甲醛白乳胶—20kg	绿色家园	20kg	160元/桶
环保白胶0101型—4kg	汉港	4kg	50元/桶
环保白胶0101型—8kg	汉港	8kg	75元/桶
环保白胶0101型—18kg	汉港	18kg	165元/桶
环保白胶040型—10kg	汉港	10kg	180元/桶
环保白胶040型—18kg	汉港	18kg	245元/桶

＊ 10. 粘合材料价格比较

产品名称	品牌	规格	参考价格
门窗专用水性密封胶软装(透明)	GE	163ml	25元/支
门窗专用水性密封胶软装(透明)	GE	299ml	35元/支
美家宝系列门窗密封胶(白色)	美家宝	148ml	38元/支
快而佳高级发泡胶	快而佳	500ml	65元/支
快而佳高级发泡胶	快而佳	750ml	78元/支
快而佳多用途填缝修补膏	快而佳	250ml	34元/支
紫荆花金牌装饰胶	紫荆花	4L	95元/桶

续表

产品名称	品牌	规格	参考价格
紫荆花668万能胶	紫荆花	4L	70元/桶
汉高百得环保万能胶	汉高	3L	180元/桶
汉高PXT4S百得万能胶(透明)	汉高	4L	165元/桶
汉高PXT4S百得万能胶(透明)	汉高	30ml	13元/支
百得PT40C高浓度万能胶	汉高	50g	20元/支
快而佳PVC胶	快而佳	100ml	19元/支
生态家园LSST—70特品108胶	生态家园	18kg	105元/桶
生态家园LSST—701—108胶	生态家园	18kg	75元/桶
美巢108胶(建筑胶粘剂)	美巢	18kg	110元/桶
美宝牛皮纸胶带	美宝	60mm×2m	5元/卷
美宝牛皮纸胶带	美宝	48mm×2m	4元/卷
美宝泡棉双面胶带	美宝	24mm×4m	3元/卷
美宝彩色地毯单面胶带	美宝	48mm×15m	16元/卷
正点M10高级宽幅美纹纸	正点	50mm×30m	15元/卷
蓝健龙美纹纸胶带	蓝健龙	36mm×18m	6元/卷
沃德木地板专用胶	沃德	4kg	145元/桶
沃德木地板专用胶	沃德	1kg	55元/桶
沃德超级胶霸	沃德	3kg	75元/桶

＊ 11. 实木地板的价格比较

产品名称	品牌	规格	参考价格
澳洲桉木实木地板	久盛	910mm×125mm×18mm	320元/m²

续表

产品名称	品牌	规格	参考价格
铁线子木实木地板	久盛	910mm×120mm×18mm	330元/m²
橡木实木地板	久盛	910mm×125mm×18mm	315元/m²
海棠木实木地板	久盛	910mm×122mm×18mm	285元/m²
落腺豆实木地板	泛美	1200mm×126mm×18mm	380元/m²
班纹漆木实木地板	泛美	1200mm×126mm×18mm	375元/m²
圭巴卫矛木实木地板	泛美	1200mm×126mm×18mm	720元/m²
柚木实木地板	安信	909mm×95mm×18mm	580元/m²
香脂木豆实木地板	安信	758mm×150mm×18mm	570元/m²
铁苏木实木地板	安信	758mm×125mm×18mm	256元/m²
榄仁木实木地板	安信	909mm×122mm×18mm	275元/m²
柚木实木地板	保得利	910mm×123mm×18mm	475元/m²
印茄木实木地板	保得利	760mm×123mm×18mm	260元/m²
甘巴豆实木地板	保得利	910mm×123mm×18mm	210元/m²
缅甸柚木指接实木地板	保得利	1200mm×150mm×17mm	365元/m²
亚花梨木实木地板	保得利	910mm×95mm×18mm	405元/m²
甘巴豆实木地板	双福	900mm×123mm×18mm	275元/m²
相思木实木地板	双福	910mm×123mm×18mm	270元/m²
番龙眼实木地板	双福	910mm×122mm×18mm	230元/m²
柚木实木地板	双福	1210mm×122mm×18mm	550元/m²
柚木实木地板	大自然	910mm×92mm×18mm	500元/m²
番樱桃实木地板	大自然	910nn×123nn×18mm	320元/m²
鲍迪豆实木地板	大自然	910mm×123mm×18mm	375元/m²

续表

产品名称	品牌	规格	参考价格
蒜果木实木地板	大自然	910mm×123mm×18mm	225元/m²

*12. 实木复合地板的价格比较

产品名称	品牌	规格	参考价格
圣象仿橡木实木复合地板	圣象	2200mm×189mm×15mm	330元/m²
圣象仿古夷木实木多层地板	圣象	910mm×125mm×15mm	285元/m²
圣象仿斑马木实木多层地板	圣象	910mm×125mm×15mm	315元/m²
圣象仿金丝柚木实木多层地板	圣象	910mm×125mm×15mm	290元/m²
圣象仿泰柚实木多层地板	圣象	910mm×125mm×15mm	310元/m²
韦伦南美白象牙实木复合地板	韦伦	900mm×126mm×15mm	220元/m²
韦伦北美黑胡桃实木复合地板	韦伦	900mm×126mm×15mm	260元/m²
韦伦加拿大枫木实木复合地板	韦伦	900mm×126mm×13mm	205元/m²
韦伦红檀香实木复合地板	韦伦	900mm×126mm×13mm	250元/m²
韦伦橡木实木复合地板	韦伦	900mm×126mm×13mm	205元/m²
雅舍柞木实木复合地板	雅舍	910mm×125mm×15mm	230元/m²
雅舍美国樱桃实木复合地板	雅舍	910mm×125mm×15mm	225元/m²
雅舍非洲红檀实木复合地板	雅舍	910mm×125mm×15mm	220元/m²
雅舍金花柚木豆实木复合地板	雅舍	910mm×125mm×15mm	235元/m²
雅舍黄芸香实木复合地板	雅舍	910mm×125mm×15mm	205元/m²
北美枫情香脂木豆实木复合地板	北美枫情	910mm×130mm×15mm	280元/m²
北美枫情亮光柞木实木复合地板	北美枫情	910mm×130mm×15mm	210元/m²
北美枫情斑马木实木复合地板	北美枫情	910mm×130mm×15mm	235元/m²

续表

产品名称	品牌	规格	参考价格
北美枫情柚木实木复合地板	北美枫情	910mm×130mm×12mm	245元/m²
北美枫情莎比利实木复合地板	北美枫情	1220mm×130mm×12mm	200元/m²

＊ 13．强化复合地板的价格比较

产品名称	品牌	规格	参考价格
瑞士卢森巴西利亚樱桃强化地板	卢森	1380mm×193mm×8mm	135元/m²
瑞士卢森郁金香橡木强化地板	卢森	1380mm×193mm×8mm	135元/m²
瑞士卢森栗子木强化地板	卢森	1380mm×193mm×8mm	135元/m²
瑞士卢森白色枫木强化地板	卢森	1380mm×193mm×8mm	135元/m²
瑞士卢森南加橡木强化地板	卢森	1380mm×193mm×8mm	190元/m²
圣象梦那卡罗胡桃强化地板	圣象	1285mm×195mm×8mm	150元/m²
圣象防潮乡村野枫木强化地板	圣象	1285mm×195mm×8mm	150元/m²
圣象防潮海牙橡木强化地板	圣象	1285mm×195mm×8mm	150元/m²
圣象防潮意大利胡桃木强化地板	圣象	1285mm×195mm×8mm	150元/m²
圣象环保爱琴海白松木强化地板	圣象	1285mm×195mm×8mm	120元/m²
君豪黄檀木仿实木强化地板	君豪	804mm×124mm×12mm	90元/m²
君豪两拼黑胡桃仿实木强化地板	君豪	804mm×124mm×12mm	95元/m²
君豪甘巴豆木仿实木强化地板	君豪	804mm×124mm×12mm	95元/m²
君豪红影木仿实木强化地板	君豪	804mm×124mm×12mm	110元/m²
君豪红檀木仿实木强化地板	君豪	804mm×124mm×12mm	115元/m²
莱茵阳光亮系列强化地板	莱茵阳光	1285mm×191mm×9mm	130元/m²
莱茵阳光宙斯U型槽强化地板	莱茵阳光	1210mm×140mm×12mm	160元/m²

续表

产品名称	品牌	规格	参考价格
莱茵阳光虹之韵强化地板	莱茵阳光	800mm×125mm×12mm	105元/m²
莱茵阳光雕刻时光强化地板	莱茵阳光	1285mm×191mm×9mm	120元/m²
莱茵阳光林海物语强化地板	莱茵阳光	1210mm×141.5mm×12mm	170元/m²

* 14. 竹木地板的价格比较

产品名称	品牌	规格	参考价格
建玲亮光本色对节竹地板	建玲	930mm×130mm×18mm	210元/m²
建玲哑光本色对节竹地板	建玲	930mm×130mm×18mm	210元/m²
建玲亮光碳化对节竹地板	建玲	930mm×130mm×18mm	210元/m²
建玲碳化哑光竹地板	建玲	930mm×130mm×18mm	210元/m²
圣狼散节漂白色地板	圣狼	900mm×90mm×12mm	150元/m²
圣狼碳化侧压亚光竹地板	圣狼	1000mm×165mm×20mm	230元/m²
圣狼碳化平压亚光地板	圣狼	1000mm×165mm×20mm	230元/m²
圣狼碳化散结亚光竹地板	圣狼	960mm×122mm×18mm	185元/m²
圣狼碳化对节耐磨竹地板	圣狼	960mm×122mm×18mm	190元/m²

* 15. 软木地板的价格比较

产品名称	品牌	规格	参考价格
纯软木地板系列—毕加索	舒踏	600mm×300mm×4.5mm	350元/m²
纯软木地板系列—梵高	舒踏	600mm×300mm×4.5mm	360元/m²
实木软木多层复合地板系列—柚木	舒踏	900mm×115mm×12mm	475元/m²
实木软木多层复合地板系列—枫木	舒踏	900mm×115mm×12mm	535元/m²

＊ 16．实木门的价格比较

产品名称	品牌	规格	参考价格
恒春工艺成套实木门（柚木）	恒春实木门	B5	2650元/樘
恒春工艺成套实木门（黑胡桃）	恒春实木门	B3	2350元/樘
恒春工艺成套实木门（黑胡桃）	恒春实木门	F1	2350元/樘
恒春工艺成套实木门（金丝柚）	恒春实木门	X4	1900元/樘
恒春工艺成套实木门（花梨）	恒春实木门	X16	1750元/樘
恒春工艺成套实木门（红胡桃）	恒春实木门	B10	1950元/樘
恒春工艺成套实木门（沙比利）	恒春实木门	V9	2100元/樘
福进指接实木门（柞木）	福进实木门	FJ063B	2850元/樘
福进指接实木门（柞木）	福进实木门	FJ053B	2850元/樘
福进指接实木门（柞木）	福进实木门	FJ032A	2200元/樘
千娇实木门	千娇红木堂	CA23	3350元/樘
千娇实木门	千娇红木堂	CA12	3650元/樘
千娇实木门	千娇红木堂	CE01	1350元/樘
福艺实木系列	福艺木门	SM－001	1600元/樘
福艺实木系列	福艺木门	SM－002	2850元/樘

＊ 17．实木复合门的价格比较

产品名称	品牌	规格	参考价格
中发工艺混油门	中发门	标准尺寸	380元/樘
中发黑胡桃平板门	中发门	标准尺寸	720元/樘
建华红橡实木复合工艺成套门	建华	标准尺寸	1900元/樘
建华樱桃实木复合工艺成套门	建华	标准尺寸	1850元/樘

续表

产品名称	品牌	规格	参考价格
建华泰柚实木复合工艺成套门	建华	标准尺寸	1850元/樘
建华高密度侧玻百叶门	建华	标准尺寸	1550元/樘
赛斯复合木门	赛斯	E608	1150元/扇
赛斯复合木门	赛斯	SM—BG021MC	900元/扇
赛斯复合木门	赛斯	SM—C052MC	1000元/扇
赛斯复合木门	赛斯	SM—C037BMC	1100元/扇
伯尔特成套实木复合门	伯尔特	C系列	1950元/樘
伯尔特成套实木复合门	伯尔特	B系列	2300元/樘
周氏柚枫黑胡桃复合门	周氏	C型	800元/扇
周氏柚枫黑胡桃复合门	周氏	B型	1000元/扇

* 18. 模压木门的价格比较

产品名称	品牌	规格	参考价格
美森耐底漆四季风采标准模压门	美森耐	标准尺寸	550元/扇
美森耐宫殿标准模压门	美森耐	标准尺寸	700元/扇
美森耐木纹单扇模压门	美森耐	标准尺寸	500元/扇
美森耐底漆单扇模压门	美森耐	标准尺寸	500元/扇
美森耐底漆单扇新款模压门	美森耐	标准尺寸	600元/扇
伯尔特成套平板变异门	伯尔特	A2	1250元/樘
伯尔特成套平板变异模压门	伯尔特	A1	980元/樘
伯尔特成套新款门	伯尔特	A2	1180元/樘
伯尔特成套标准门	伯尔特	II型	1000元/樘

续表

产品名称	品牌	规格	参考价格
伯尔特成套标准模压门	伯尔特	Ⅰ型	950元/樘

* 19. 塑钢门窗的价格比较

产品名称	品牌	规格	参考价格
海螺推拉窗（单玻）	海螺塑钢门窗	80	220元/m²
海螺推拉窗（中空）	海螺塑钢门窗	80	250元/m²
海螺推拉窗（单玻）	海螺塑钢门窗	88	205元/m²
海螺推拉窗（中空）	海螺塑钢门窗	88	250元/m²
海螺推拉门（单玻）	海螺塑钢门窗	60	250元/m²
海螺推拉门（中空）	海螺塑钢门窗	60	310元/m²
实德平开窗（单玻）	实德塑钢门窗	60	290元/m²
实德平开窗（中空）	实德塑钢门窗	60	375元/m²
实德对开门（单玻）	实德塑钢门窗	60	365元/m²
实德对开门（中空）	实德塑钢门窗	60	420元/m²
LG好佳喜推拉窗（单玻）	LG好佳喜塑钢门窗	85	265元/m²
LG好佳喜推拉窗（中空）	LG好佳喜塑钢门窗	85	280元/m²
LG好佳喜推拉门（单玻）	LG好佳喜塑钢门窗	114	600元/m²
LG好佳喜推拉门（中空）	LG好佳喜塑钢门窗	114	710元/m²
柯梅令推拉窗（单玻）	柯梅令塑钢门窗	80	400元/m²
柯梅令推拉窗（中空）	柯梅令塑钢门窗	80	475元/m²
柯梅令平开窗（单玻）	柯梅令塑钢门窗	58	520元/m²
元/平米柯梅令平开窗（中空）	柯梅令塑钢门窗	58	625元/m²

续表

产品名称	品牌	规格	参考价格
柯梅令推拉门（单玻）	柯梅令塑钢门窗	78	695元/m²
柯梅令推拉门（中空）	柯梅令塑钢门窗	78	695元/m²

* 20．细木工板的价格比较

产品名称	品牌	规格	参考价格
福春优质东北木材细木工板	福春	2440mm×1220mm×18mm	155元/张
福春无甲醛精品细木工板	福春	2440mm×1220mm×18mm	185元/张
福春细木工板	福春	2440mm×1220mm×12mm	135元/张
福春细木工板	福春	2440mm×1220mm×15mm	130元/张
福春细木工板	福春	2440mm×1220mm×18mm	150元/张
鹏鸿杨木中板特一等细木工板	鹏鸿	2440mm×1220mm×18mm	130元/张
鹏鸿柳桉中板环保特优等细木工板	鹏鸿	2440mm×1220mm×18mm	165元/张
鹏鸿无醛胶山桂花面细木工板	鹏鸿	2440mm×1220mm×18mm	185元/张
全富E1一等细木工板	全富	2440mm×1220mm×18mm	140元/张
全富精品无醛胶细木工板	全富	2440mm×1220mm×18mm	205元/张
富春一级细木工板	富春	2440mm×1220mm×18mm	90元/张
富春特级细木工板	富春	2440mm×1220mm×15mm	95元/张
富春特级细木工板	富春	2440mm×1220mm×18mm	125元/张
福津E0级细木工板	福津	2440mm×1220mm×18mm	180元/张
福津无醛胶细木工板	福津	2440mm×1220mm×18mm	160元/张
森鹿杉木细木工板杉木	森鹿	2440mm×1220mm×15mm	125元/张
森鹿杉木细木工板杉木	森鹿	2440mm×1220mm×16.5mm	155元/张

续表

产品名称	品牌	规格	参考价格
森鹿杉木细木工板杉木	森鹿	2440mm×1220mm×18mm	185元/张

＊ 21. 胶合板的价格比较

产品名称	品牌	规格	参考价格
福津环保胶合板	福津	2440mm×1220mm×12mm	105元/张
福津环保胶合板	福津	2440mm×1220mm×9mm	85元/张
福津环保胶合板	福津	2440mm×1220mm×5mm	65元/张
福津环保胶合板	福津	2440mm×1220mm×3mm	45元/张
佳佳柳桉胶合板	佳佳	2440mm×1220mm×12mm	135元/张
佳佳柳桉胶合板	佳佳	2440mm×1220mm×9mm	105元/张
佳佳柳桉胶合板	佳佳	2440mm×1220mm×5mm	75元/张
佳佳柳桉胶合板	佳佳	2440mm×1220mm×3mm	55元/张
鼎高柳桉胶合板	鼎高	2440mm×1220mm×12mm	130元/张
鼎高柳桉胶合板	鼎高	2440mm×1220mm×9mm	95元/张
鼎高柳桉胶合板	鼎高	2440mm×1220mm×5mm	65元/张
鼎高柳桉胶合板	鼎高	2440mm×1220mm×3mm	40元/张
兔宝宝E0级胶合板	兔宝宝	2440mm×1220mm×12mm	200元/张
兔宝宝E0级胶合板	兔宝宝	2440mm×1220mm×9mm	150元/张
兔宝宝E0级胶合板	兔宝宝	2440mm×1220mm×5mm	110元/张
兔宝宝E0级胶合板	兔宝宝	2440mm×1220mm×3mm	90元/张
通力柳安杂木胶合板	通力	2440mm×1220mm×12mm	155元/张
通力柳安杂木胶合板	通力	2440mm×1220mm×9mm	130元/张

续表

产品名称	品牌	规格	参考价格
通力柳安杂木胶合板	通力	2440mm×1220mm×5mm	80元/张
通力柳安杂木胶合板	通力	2440mm×1220mm×3mm	55元/张
兔宝宝胶合板	兔宝宝	2440mm×1220mm×12mm	170元/张
兔宝宝胶合板	兔宝宝	2440mm×1220mm×9mm	140元/张
兔宝宝胶合板	兔宝宝	2440mm×1220mm×5mm	95元/张
兔宝宝胶合板	兔宝宝	2440mm×1220mm×3mm	65元/张

＊ 22. 薄木贴面板的价格比较

产品名称	品牌	规格	参考价格
通力精选红胡桃木饰面板	通力	2440mm×1220mm×3mm	105元/张
通力精选山纹南美樱桃木饰面板	通力	2440mm×1220mm×3.6mm	135元/张
通力精选山纹水曲柳饰面板	通力	2440mm×1220mm×3mm	90元/张
通力精选泰柚皇饰面板	通力	2440mm×1220mm×3.6mm	180元/张
通力精选直纹白橡饰面板	通力	2440mm×1220mm×3mm	110元/张
通力精选红橡直纹饰面板	通力	2440mm×1220mm×3mm	105元/张
通力精选铁刀木饰面板	通力	2440mm×1220mm×3mm	140元/张
通力精选泰柚饰面板	通力	2440mm×1220mm×3mm	140元/张
通力精选花梨饰面板	通力	2440mm×1220mm×3mm	90元/张
君子兰红橡环保饰面板	君子兰	2440mm×1220mm×3mm	100元/张
兔宝宝E0级沙比利饰面板	兔宝宝	2440mm×1220mm×3mm	135元/张
兔宝宝环保红橡直纹饰面板	兔宝宝	2440mm×1220mm×3mm	125元/张
兔宝宝E0级泰柚装饰板	兔宝宝	2440mm×1220mm×3mm	185元/张

续表

产品名称	品牌	规格	参考价格
兔宝宝Eo级黑胡桃直纹装饰板	兔宝宝	2440mm×1220mm×3mm	170元/张
兔宝宝Eo级红樱桃直纹装饰板	兔宝宝	2440mm×1220mm×3mm	135元/张
兔宝宝环保白胡桃装饰板	兔宝宝	2440mm×1220mm×3mm	95元/张
兔宝宝环保黑檀木饰面板	兔宝宝	2440mm×1220mm×3.6mm	330元/张
兔宝宝环保铁刀木饰面板	兔宝宝	2440mm×1220mm×3.6mm	310元/张
兔宝宝环保厚皮枫木雀眼饰面板	兔宝宝	2440mm×1220mm×3.6mm	450元/张
兔宝宝环保白影饰面板	兔宝宝	2440mm×1220mm×3.6mm	425元/张
兔宝宝环保厚皮美国花纹樱桃饰面板	兔宝宝	2440mm×1220mm×3.6mm	185元/张
兔宝宝环保厚皮花纹黑胡桃饰面板	兔宝宝	2440mm×1220mm×3.6mm	195元/张
金马牌红直榉饰面板	金马	2440mm×1220mm×3mm	120元/张
金马牌白直榉饰面板	金马	2440mm×1220mm×3mm	135元/张
袋鼠红榉饰面板	袋鼠	2440mm×1220mm×3mm	95元/张
袋鼠白榉饰面板	袋鼠	2440mm×1220mm×3mm	105元/张

＊ 23．纤维板的价格比较

产品名称	品牌	规格	参考价格
澳杉中密度板	澳杉	2440mm×1220mm×2.5mm	50元/张
澳杉中密度板	澳杉	2440mm×1220mm×3mm	55元/张
澳杉中密度板	澳杉	2440mm×1220mm×4.5mm	75元/张
澳杉中密度板	澳杉	2440mm×1220mm×9mm	115元/张
澳杉中密度板	澳杉	2440mm×1220mm×12mm	135元/张
澳杉中密度板	澳杉	2440mm×1220mm×15mm	170元/张

续表

产品名称	品牌	规格	参考价格
澳杉中密度板	澳杉	2440mm×1220mm×18mm	230元/张
富利达灰麻双面密度板	富利达	2440mm×1220mm×12mm	145元/张
富利达白平双面密度板	富利达	2440mm×1220mm×12mm	125元/张
富利达黑胡桃麻双面密度板	富利达	2440mm×1220mm×12mm	130元/张
富利达红樱桃麻双面密度板	富利达	2440mm×1220mm×12mm	140元/张
伯思莱樱桃木双面密度板	伯思莱	2440mm×1220mm×18mm	125元/张
伯思莱白色中密度板	伯思莱	2440mm×1220mm×18mm	115元/张

＊ 24．刨花板的价格比较

产品名称	品牌	规格	参考价格
皖华双饰面绿芯刨花板	皖华	2440mm×1220mm×16mm	120元/张
佰思莱绿芯黑胡桃刨花板	佰思莱	2440mm×1220mm×16mm	105元/张
佰思莱绿芯樱桃刨花板	佰思莱	2440mm×1220mm×16mm	110元/张
佰思莱绿芯白色刨花板	佰思莱	2440mm×1220mm×16mm	100元/张
欧松板（德国）	N/A刨花板	2440mm×1220mm×18mm	180元/张
欧松板（德国）	N/A刨花板	2440mm×1220mm×15mm	175元/张
欧松板（德国）	N/A刨花板	2440mm×1220mm×12mm	155元/张
欧松板（德国）	N/A刨花板	2440mm×1220mm×9mm	100元/张
德国OSB定向结构刨花板	德国OSB	2440×1220×18mm	320元/张

＊ 25．防火板的价格比较

产品名称	品牌	产地	规格	参考价格
中密度澳柏防火板	澳柏	湖北	2440mm×1220mm×5mm	90元/张

续表

产品名称	品牌	产地	规格	参考价格
中密度澳柏防火板	澳柏	湖北	2440mm×1220mm×6mm	95元/张
中密度澳柏防火板	澳柏	湖北	2440mm×1220mm×8mm	125元/张
中密度澳柏防火板	澳柏	湖北	2440mm×1220mm×10mm	155元/张
多宝GM防火板	多宝	宁波	2440mm×1220mm×3mm	40元/平米
多宝GM防火板	多宝	宁波	2440mm×1220mm×4mm	45元/平米
多宝GM防火板	多宝	宁波	2440mm×1220mm×6mm	65元/平米
多宝GM防火板	多宝	宁波	2440mm×1220mm×9mm	75元/平米
多宝GM防火板	多宝	宁波	2440mm×1220mm×12mm	90元/平米
大信防火板	大信	韩国	2440mm×1220mm×6mm	150元/张

* 26. 铝塑复合板的价格比较

产品名称	品牌	规格	铝板层厚度	参考价格
吉祥歌铝塑板	吉祥歌	2440mm×1220mm×3mm	0.08mm	95元/张
吉祥歌铝塑板	吉祥歌	2440mm×1220mm×3mm	0.1mm	125元/张
吉祥歌铝塑板	吉祥歌	2440mm×1220mm×3mm	0.12mm	150元/张
吉祥歌铝塑板	吉祥歌	2440mm×1220mm×3mm	0.15mm	165元/张
吉祥歌铝塑板	吉祥歌	2440mm×1220mm×3mm	0.18mm	180元/张
远宏铝塑板	远宏	2440mm×1220mm×3mm	0.08mm	125元/张
远宏铝塑板	远宏	2440mm×1220mm×3mm	0.1mm	135元/张
远宏铝塑板	远宏	2440mm×1220mm×3mm	0.12mm	150元/张
远宏铝塑板	远宏	2440mm×1220mm×3mm	0.15mm	175元/张
远宏铝塑板	远宏	2440mm×1220mm×3mm	0.18mm	195元/张

续表

产品名称	品牌	规格	铝板层厚度	参考价格
远宏铝塑板	远宏	2440mm×1220mm×3mm	0.21mm	210元/张
远宏铝塑板	远宏	2440mm×1220mm×3mm	0.25mm	225元/张
吉祥铝塑板	吉祥	2440mm×1220mm×3mm	0.08mm	105元/张
吉祥铝塑板	吉祥	2440mm×1220mm×3mm	0.1mm	125元/张
吉祥铝塑板	吉祥	2440mm×1220mm×3mm	0.12mm	145元/张
吉祥铝塑板	吉祥	2440mm×1220mm×3mm	0.15mm	175元/张
吉祥铝塑板	吉祥	2440mm×1220mm×3mm	0.18mm	190元/张
吉祥铝塑板	吉祥	2440mm×1220mm×3mm	0.21mm	205元/张
吉祥铝塑板	吉祥	2440mm×1220mm×3mm	0.25mm	220元/张
远宏铝塑板	远宏	2440mm×1220mm×4mm	0.12mm	210元/张
远宏铝塑板	远宏	2440mm×1220mm×4mm	0.15mm	200元/张
远宏铝塑板	远宏	2440mm×1220mm×4mm	0.18mm	205元/张
远宏铝塑板	远宏	2440mm×1220mm×4mm	0.21mm	230元/张
远宏铝塑板	远宏	2440mm×1220mm×4mm	0.25mm	235元/张
吉祥歌铝塑板	吉祥歌	2440mm×1220mm×4mm	0.12mm	175元/张
吉祥歌铝塑板	吉祥歌	2440mm×1220mm×4mm	0.15mm	180元/张
吉祥歌铝塑板	吉祥歌	2440mm×1220mm×4mm	0.18mm	195元/张
吉祥歌铝塑板	吉祥歌	2440mm×1220mm×4mm	0.21mm	205元/张
吉祥歌铝塑板	吉祥歌	2440mm×1220mm×4mm	0.25mm	220元/张
吉祥铝塑板	吉祥	2440mm×1220mm×4mm	0.12mm	170元/张
吉祥铝塑板	吉祥	2440mm×1220mm×4mm	0.15mm	185元/张
吉祥铝塑板	吉祥	2440mm×1220mm×4mm	0.18mm	205元/张

续表

产品名称	品牌	规格	铝板层厚度	参考价格
吉祥铝塑板	吉祥	2440mm×1220mm×4mm	0.21mm	220元/张
吉祥铝塑板	吉祥	2440mm×1220mm×4mm	0.25mm	240元/张

＊ 27. PVC扣板的价格比较

产品名称	品牌	规格	参考价格
欧美佳覆膜木纹PVC扣板	欧美佳	100mm×3m	35元/根
欧美佳覆膜珠光蓝PVC扣板	欧美佳	100mm×3m	30元/根
欧美佳覆膜珠光白PVC扣板	欧美佳	100mm×3m	30元/根
欧美佳覆膜珠光灰PVC扣板	欧美佳	100mm×3m	30元/根
欧美佳覆膜灰条纹PVC扣板	欧美佳	100mm×3m	30元/根
欧美佳覆膜白条纹PVC扣板	欧美佳	100mm×3m	30元/根

＊ 28. 铝扣板的价格比较

产品名称	品牌	规格	参考价格
乐思龙180B铝合金扣板	乐思龙铝扣板	180B	85元/m
乐思龙84R铝合金扣板	乐思龙铝扣板	84R	45元/m
乐思龙130B铝合金扣板	乐思龙铝扣板	130B	55元/m
乐思龙80B铝合金扣板	乐思龙铝扣板	80B	55元/m
乐思龙30B铝合金扣板	乐思龙铝扣板	30B	25元/m
乐思龙150C铝合金扣板	乐思龙铝扣板	150C	65元/m
乐思龙75C铝合金扣板	乐思龙铝扣板	75C	45元/m
现代150面矮直亚光覆膜条板	现代铝扣板	150	30元/m

续表

产品名称	品牌	规格	参考价格
现代100面矮直亚光覆膜条板	现代铝扣板	100	20元/m
现代100面矮直覆膜条板	现代铝扣板	100	23元/m
现代100矮边直角覆膜珍珠白条板	现代铝扣板	100	18元/m
华狮龙50C贵族金镜铝扣板	华狮龙铝扣板	50C	26元/m
华狮龙50C贵族银镜铝扣板	华狮龙铝扣板	50C	25元/m
华狮龙50C贵族大红条纹铝扣板	华狮龙铝扣板	50C	24元/m
华狮龙50C贵族亮光黑铝扣板	华狮龙铝扣板	50C	24元/m
华狮龙100C直角贴塑银灰扣板	华狮龙铝扣板	100C	185元/m
华狮龙100C直角贴塑水绿扣板	华狮龙铝扣板	100C	195元/m
华狮龙150C直角贴塑银灰扣板	华狮龙铝扣板	150C	200元/m
华狮龙150C直角贴塑浅蓝扣板	华狮龙铝扣板	150C	200元/m
华狮龙白色压圆A03板	华狮龙铝扣板	A03	8元/块
华狮龙A18白色压方板	华狮龙铝扣板	A18	8元/块
升扬无缝高珠光板白色	升扬铝扣板	100mm×3500mm	90元/根
升扬无缝高珠光板白色	升扬铝扣板	100mm×4000mm	105元/根
升扬无缝高珠光板银色	升扬铝扣板	100mm×3000mm	85元/根
升扬无缝高珠光板银色	升扬铝扣板	100mm×4000mm	110元/根
西飞3310白色铝扣板	西飞铝扣板	3310	18元/m
西飞1805米兰黄铝扣板	西飞铝扣板	1805	27元/m
西飞1838鸡血红铝扣板	西飞铝扣板	1838	30元/m

✳ 29. 石膏板的价格比较

产品名称	品牌	产地	规格	参考价格
福星牌石膏板	福星	成都	3000mm×1200mm×12mm	50元/张
福星牌石膏板	福星	成都	2400mm×1200mm×12mm	45元/张
福星牌石膏板	福星	成都	3000mm×1200mm×9.5mm	40元/张
福星牌石膏板	福星	成都	2400mm×1200mm×9.5mm	35元/张
玉龙牌石膏板	玉龙	成都	3000mm×1200mm×12mm	36元/张
玉龙牌石膏板	玉龙	成都	2400mm×1200mm×12mm	30元/张
玉龙牌石膏板	玉龙	成都	3000mm×1200mm×9.5mm	25元/张
玉龙牌石膏板	玉龙	成都	2400mm×1200mm×9.5mm	20元/张
龙牌石膏板	龙牌	北京	3000mm×1200mm×12mm	60元/张
龙牌石膏板	龙牌	北京	2400mm×1200mm×12mm	55元/张
龙牌石膏板	龙牌	北京	3000mm×1200mm×9.5mm	45元/张
龙牌石膏板	龙牌	北京	2400mm×1200mm×9.5mm	35元/张
绿色家园石膏板	绿色家园	山东	（普通纸面）12mm	15元/m^2
绿色家园石膏板	绿色家园	山东	（普通纸面）9.5mm	11元/m^2
BPB杰科石膏板	杰科	上海	（防火纸面）15mm	30元/m^2
BPB杰科石膏板	杰科	上海	（防火纸面）12mm	25元/m^2
BPB杰科石膏板	杰科	上海	（防潮纸面）15mm	38元/m^2
BPB杰科石膏板	杰科	上海	（防潮纸面）12mm	33元/m^2
BPB杰科石膏板	杰科	上海	（防潮纸面）9.5mm	30元/m^2
BPB杰科石膏板	杰科	上海	（普通纸面）15mm	22元/m^2
BPB杰科石膏板	杰科	上海	（普通纸面）12mm	18元/m^2
BPB杰科石膏板	杰科	上海	（普通纸面）9.5mm	15元/m^2

续表

产品名称	品牌	产地	规格	参考价格
可耐福石膏板	可耐福	天津	（普通纸面）12mm	18元/m²
可耐福石膏板	可耐福	天津	（普通纸面）9.5mm	17元/m²
拉法基石膏板	拉法基	上海	（防潮纸面）12mm	35元/m²
拉法基石膏板	拉法基	上海	（防潮纸面）9.5mm	30元/m²
拉法基石膏板	拉法基	上海	（防火纸面）12mm	30元/m²
拉法基石膏板	拉法基	上海	（普通纸面）12mm	18元/m²
拉法基石膏板	拉法基	上海	（普通纸面）9.5mm	16元/m²

* 30．阳光板的价格比较

产品名称	品牌	规格	参考价格
拜耳模克隆阳光板三层中空板	德国拜耳	6000mm×2100mm×4mm	60/张
拜耳模克隆阳光板三层中空板	德国拜耳	6000mm×2100mm×5mm	80/张
拜耳模克隆阳光板三层中空板	德国拜耳	6000mm×2100mm×6mm	90/张
拜耳模克隆阳光板三层中空板	德国拜耳	6000mm×2100mm×8mm	95/张
拜耳模克隆阳光板三层中空板	德国拜耳	6000mm×2100mm×10mm	115/张
拜耳模克隆阳光板三层中空板	德国拜耳	6000mm×2100mm×16mm	130/张
拜耳模克隆阳光板三层中空板	德国拜耳	6000mm×2100mm×16mm	195/张
拜耳模克隆阳光板三层中空板	德国拜耳	6000mm×2100mm×25mm	315/张
朗特阳光板	朗特	6000mm×2100mm×4mm	55元/张
朗特阳光板	朗特	6000mm×2100mm×6mm	65元/张
朗特阳光板	朗特	6000mm×2100mm×8mm	75元/张
朗特阳光板	朗特	6000mm×2100mm×10mm	105元/张

续表

产品名称	品牌	规格	参考价格
海高牌阳光板	海高	6000mm×2100mm×4mm	30元/张
海高牌阳光板	海高	6000mm×2100mm×5mm	35元/张
海高牌阳光板	海高	6000mm×2100mm×6mm	40元/张
海高牌阳光板	海高	6000mm×2100mm×8mm	50元/张
海高牌阳光板	海高	6000mm×2100mm×10mm	60元/张
固莱尔阳光板	固莱尔	6000mm×2100mm×4mm	40元/张
固莱尔阳光板	固莱尔	6000mm×2100mm×5mm	45元/张
固莱尔阳光板	固莱尔	6000mm×2100mm×6mm	50元/张
固莱尔阳光板	固莱尔	6000mm×2100mm×8mm	60元/张
固莱尔阳光板	固莱尔	6000mm×2100mm×10mm	70元/张
华帅特二层阳光板单面复UV	华帅特	6000mm×2100mm×4mm	40元/张
华帅特二层阳光板单面复UV	华帅特	6000mm×2100mm×5mm	45元/张
华帅特二层阳光板单面复UV	华帅特	6000mm×2100mm×6mm	50元/张
华帅特二层阳光板单面复UV	华帅特	6000mm×2100mm×8mm	60元/张
华帅特二层阳光板单面复UV	华帅特	6000mm×2100mm×10mm	70元/张

＊ 31．花岗岩的价格比较

产品名称	规格	加工方式	参考价格
虎皮红花岗岩	600mm×300mm×20mm	磨光面	220元/m²
虎皮白花岗岩	600mm×300mm×20mm	磨光面	220元/m²
虎皮黄花岗岩	600mm×300mm×20mm	磨光面	230元/m²
流星红花岗岩	600mm×300mm×20mm	磨光面	240元/m²

续表

产品名称	规格	加工方式	参考价格
雪翠绿洞石花岗岩	600mm×300mm×20mm	机切面	330元/m²
灰洞石花岗岩	600mm×300mm×20mm	机切面	280元/m²
天山红花岗岩	600mm×300mm×20mm	磨光面	250元/m²
枫叶红花岗岩	600mm×300mm×20mm	磨光面	240元/m²
集宁黑花岗岩	600mm×300mm×20mm	磨光面	235元/m²
山西黑花岗岩	600mm×300mm×20mm	磨光面	380元/m²
玄武岩漳浦黑花岗岩	600mm×300mm×20mm	磨光面	280元/m²
安山岩	600mm×300mm×20mm	斩毛面	240元/m²
安山岩	600mm×300mm×20mm	亚光面	245元/m²
马头花花岗岩	600mm×300mm×20mm	磨光面	320元/m²
漳浦青花岗岩	600mm×300mm×30mm	机制荔枝面	250元/m²
漳浦青花岗岩	600mm×300mm×30mm	手工荔枝面	260元/m²
漳浦青花岗岩	600mm×300mm×30mm	斩毛面	250元/m²
漳浦青花岗岩	500mm×300mm×40mm	水沟石	510元/m²
漳浦青花岗岩	600mm×300mm×20mm	喷砂面	255元/m²
漳浦青花岗岩	600mm×300mm×20mm	火烧面	235元/m²
漳浦青花岗岩	600mm×300mm×20mm	磨光面	320元/m²
芝麻青花岗岩	600mm×300mm×20mm	火烧面	235元/m²
芝麻青花岗岩	600mm×300mm×20mm	磨光面	250元/m²

✱ 32．大理石的价格比较

产品名称	规格	参考价格	产品名称	规格	参考价格
中国黑	标准	120～130元/m²	蒙古黑	标准	185元/m²
山西黑	标准	160～180元/m²	金线米黄	标准	320元/m²
黑金沙（大）	标准	460～500元/m²	黑金沙	标准	550元/m²
爵士白	标准	390～440元/m²	西班牙米黄	标准	900元/m²
广西白	标准	120～130元/m²	雪花白	标准	265元/m²
印度红	标准	450～480元/m²	印度绿	标准	470元/m²
啡钻	标准	600～640元/m²	紫罗红	标准	670元/m²
橙皮红	标准	430～480元/m²	啡网纹（进口）	标准	580元/m²
汉白玉A	标准	750～860元/m²	米黄玉A	标准	870元/m²
大花绿	标准	200—260元/m²	大花白	标准	670元/m²
中花白	标准	480～520元/m²	细花白	标准	510元/m²
新西米黄A	标准	350～380元/m²	白沙米黄A	标准	560元/m²
银线米黄	标准	480～530元/m²	雅士白	标准	630元/m²
中东米黄	标准	560～700元/m²	挪威红	标准	550元/m²
天山红	标准	140～170元/m²	万年青	标准	250元/m²
黑白根	标准	130～140元/m²	夜里雪	标准	200元/m²
海浪花	标准	110～130元/m²	白麻	标准	190元/m²

✱ 33．人造石材的价格比较

品牌	规格	参考价格
美国杜邦可丽耐（DUPONT CORIAN）	标准宽600mm	4100元/延米
美国杜邦蒙特利米兰石	标准宽600mm	880元/延米

续表

品牌	规格	参考价格
美国杜邦蒙特利纯亚克力系列	标准宽600mm	1800元/延米
杜邦蒙特利丽家石	标准宽600mm	960元/延米
LG（HI—MACS 豪美思）	标准宽600mm	2900元/延米
可乐丽（KURARAY）	标准宽600mm（原装进口）	2200元/延米
可乐丽（KURARAY）	标准宽600mm（上海A版）	1500元/延米
可乐丽（KURARAY）	标准宽600mm（上海B版）	1080元/延米
可乐丽（KURARAY）	标准宽600mm（上海MMA版）	1680元/延米
宝丽杜邦（POLYSTONE）	标准宽600mm	1300元/延米
雅丽耐（ARIEN）	标准宽600mm	1050元/延米
耐美石（NAIMSHI）	标准宽600mm	810元/延米
科雅石（COYA）	标准宽600mm	850元/延米
彩宝石（BRILLIANT）	标准宽600mm	900元/延米
美宝石（MEIPOSHI）	标准宽600mm	660元/延米
百宝石（BAIBAOSHI）	标准宽600mm	650元/延米
百宝石（BAIBAOSHI）	标准宽600mm	1000元/延米
澳宝石（OPAL STONE）	标准宽600mm	800元/延米
胜龙杜邦（SUNLONG）	标准宽600mm	750元/延米
康尔（KANGER）	标准宽600mm	640元/延米
安尔现代白金石（中国香港）	标准宽600mm	720元/延米
利尔石（LE—LIER）	标准宽600mm	600元/延米
瑞亚（KHEA）	标准宽600mm	720元/延米

* 34. 陶瓷墙地砖的价格比较

产品名称	品牌	规格	类型	参考价格
赛尚印象复古地砖	诺贝尔	450mm×450mm	釉面砖	45元/片
塞尚印象系列地砖	诺贝尔	300mm×300mm	釉面砖	25元/片
塞尚印象系列地砖	诺贝尔	450mm×450mm	釉面砖	45元/片
诺贝尔地砖	诺贝尔	300mm×300mm	釉面砖	21元/片
诺贝尔地砖	诺贝尔	450mm×450mm	釉面砖	42元/片
冠军矽晶岩地砖	冠军	300mm×300mm	釉面砖	25元/片
冠军地新岩地砖	冠军	300mm×300mm	釉面砖	22元/片
冠军地砖	冠军	300mm×300mm	釉面砖	22元/片
罗马弗莱克斯地砖	罗马	300mm×300mm	釉面砖	19元/片
罗马曲艺地砖	罗马	300mm×300mm	釉面砖	13元/片
罗马巴登地砖	罗马	300mm×300mm	釉面砖	13元/片
罗马璞琳石地砖	罗马	300mm×300mm	釉面砖	17元/片
马可波罗地砖	马可波罗	316mm×316mm	釉面砖	14元/片
马可波罗地砖	马可波罗	600mm×600mm	釉面砖	75元/片
马可波罗地砖	马可波罗	800mm×800mm	釉面砖	110元/片
吉尼斯地砖	吉尼斯	300mm×300mm	釉面砖	15元/片
吉尼斯地砖	吉尼斯	600mm×600mm	釉面砖	19元/片
蒙娜丽莎地砖	蒙娜丽莎	300mm×300mm	釉面砖	13元/片
L&D OLYMPICI石	罗丹	300mm×600mm	釉面砖	85元/片
L&D地砖	罗丹	600mm×600mm	釉面砖	75元/片
欧神诺水波游戈地砖	欧神诺	300mm×300mm	釉面砖	15元/片
奥米茄地砖	奥米茄	300mm×300mm	釉面砖	11元/片

续表

产品名称	品牌	规格	类型	参考价格
奥米茄地砖	奥米茄	500mm×500mm	釉面砖	23元/片
诺贝尔微粉纳米地砖	诺贝尔	600mm×600mm	玻化砖	90元/片
诺贝尔微粉纳米地砖	诺贝尔	800mm×800mm	玻化砖	195元/片
蒙娜丽莎晶窟石玻化砖	蒙娜丽莎	600mm×600mm	玻化砖	75元/片
蒙娜丽莎抛光砖	蒙娜丽莎	600mm×600mm	抛光砖	70元/片
蒙娜丽莎微晶石系列	蒙娜丽莎	800mm×800mm	抛光砖	235元/片
冠军抛光砖	冠军	600mm×600mm	抛光砖	85元/片
冠军抛光砖	冠军	800mm×800mm	抛光砖	160元/片
罗丹霓云石玻化砖	罗丹	800mm×800mm	玻化砖	70元/片
罗丹天山石玻化砖	罗丹	800mm×800mm	玻化砖	115元/片
欧神诺抛光砖地砖	欧神诺	600mm×600mm	抛光砖	85元/片
欧神诺抛光砖地砖	欧神诺	800mm×800mm	抛光砖	175元/片
诺贝尔聚晶系列玻化地砖	诺贝尔	300mm×300mm	玻化砖	20元/片
诺贝尔铂金系列瓷质抛光地砖	诺贝尔	600mm×600mm	抛光砖	90元/片
诺贝尔铂金系列瓷质抛光地砖	诺贝尔	800mm×800mm	抛光砖	195元/片
塞尚印象系列内墙砖	诺贝尔	250mm×400mm	内墙砖	21元/片
诺贝尔内墙砖	诺贝尔	240mm×320mm	内墙砖	20元/片
诺贝尔内墙砖	诺贝尔	600mm×300mm	内墙砖	37元/片
诺贝尔内墙砖	诺贝尔	450mm×300mm	内墙砖	28元/片
诺贝尔内墙砖	诺贝尔	450mm×900mm	内墙砖	125元/片
吉尼斯墙砖	吉尼斯	250mm×330mm	内墙砖	8元/片
吉尼斯墙砖	吉尼斯	450mm×300mm	内墙砖	13元/片

续表

产品名称	品牌	规格	类型	参考价格
罗马春芽墙砖	罗马	250mm×360mm	内墙砖	12元/片
罗马弗莱克斯墙砖	罗马	450mm×300mm	内墙砖	24元/片
冠军墙砖	冠军	250mm×330mm	内墙砖	15元/片
冠军矽晶岩墙砖	冠军	600mm×300mm	内墙砖	42元/片
马可波罗墙砖	马可波罗	316mm×450mm	内墙砖	19元/片
马可波罗墙砖	马可波罗	330mm×330mm	内墙砖	30元/片
马可波罗墙砖	马可波罗	200mm×500mm	内墙砖	21元/片
维纳斯复古墙砖	维纳斯	298mm×598mm	内墙砖	22元/片
维纳斯内墙砖	维纳斯	250mm×330mm	内墙砖	12元/片
L&D高光丽晶石墙砖	罗丹	316mm×450mm	内墙砖	24元/片
L&D墙砖	罗丹	110mm×330mm	内墙砖	17元/片
欧神诺水波游戈墙砖	欧神诺	300mm×450mm	内墙砖	21元/片
欧神诺晓月明珠墙砖	欧神诺	300mm×450mm	内墙砖	23元/片
奥米茄墙砖	奥米茄	600mm×300mm	内墙砖	22元/片
奥米茄墙砖	奥米茄	450mm×300mm	内墙砖	19元/片
奥米茄墙砖	奥米茄	250mm×330mm	内墙砖	12元/片
蒙娜丽莎墙砖	蒙娜丽莎	250mm×350mm	内墙砖	10元/片
蒙娜丽莎墙砖	蒙娜丽莎	450mm×300mm	内墙砖	19元/片
冠军外墙砖	冠军	60mm×200mm	外墙砖	6元/片
鑫源外墙砖	鑫源	65mm×220mm	外墙砖	3元/片
鑫源外墙砖	鑫源	88mm×188mm	外墙砖	4元/片
梅盛外墙砖	梅盛	330mm×330mm	外墙砖	7元/片

续表

产品名称	品牌	规格	类型	参考价格
梅盛外墙砖	梅盛	60mm×200mm	外墙砖	2元/片
梅盛外墙砖	梅盛	45mm×195mm	外墙砖	1.5元/片

＊ 35．玻璃的价格比较

产品名称	规　格	参考价格
西溪中空玻璃	5mm	135元/m²
钢化玻璃	5mm	85元/m²
弯钢化玻璃	5mm	130元/m²
弯钢化玻璃	8mm	170元/m²
弯钢化玻璃	12mm	260元/m²
钢化绿色在线镀膜玻璃	6mm	126元/m²
低反射镀膜玻璃	6mm钢化	255元/m²
磁控镀膜玻璃	6mm钢化	205元/m²
镀膜玻璃（DJP—2380）	银灰、银白5mm	120元/m²
镀膜玻璃（DJP—2380）	银灰、银白6mm	138元/m²
镀膜玻璃（DJP—2380）	银灰、银白8—12mm	155元/m²
镀膜玻璃（DJP—2380）	翡翠绿、海洋蓝5mm	125元/m²
镀膜玻璃（DJP—2380）	海洋蓝、翡翠绿6mm	145元/m²
镀膜玻璃（DJP—2380）	法国绿（F绿）5mm	130元/m²
镀膜玻璃（DJP—2380）	法国绿（F绿）6mm	140元/m²
镀膜玻璃（DJP—2380）	法国绿（F绿）8mm	180元/m²
镀膜玻璃（DJP—2380）	蓝灰色5mm钢化镀膜	140元/m²

续表

产品名称	规 格	参考价格
镀膜玻璃 (DJP—2380)	银蓝色6mm钢化镀膜	145元/m²
兴沪棕色云形纹玻璃砖	190mm×190mm×80mm	36元/块
兴沪粉色云形纹玻璃砖	190mm×190mm×80mm	40元/块
兴沪绿色云形纹玻璃砖	190mm×190mm×80mm	32元/块
兴沪圆环纹玻璃砖	190mm×190mm×80mm	28元/块
兴沪蒙砂纹玻璃砖	190mm×190mm×80mm	18元/块
大亨镶嵌系列标准玻璃	1625mm×400mm×20mm	700元/块
大亨镶嵌系列标准玻璃	1625mm×508mm×20mm	725元/块
大亨镶嵌系列标准玻璃	1625mm×558mm×20mm	750元/块

* 36. 壁纸的价格比较

产品名称	品牌	规格	参考价格
Bloom	Brewster(布鲁斯特)	0.53m×10m	500元/卷
Bloom（腰线）	Brewster(布鲁斯特)	4.6m	280元/卷
锦绣前程	Brewster(布鲁斯特)	0.68m×8.2m	540元/卷
锦绣前程（腰线）	Brewster(布鲁斯特)	5m	330元/卷
艺术空间	Brewster(布鲁斯特)	0.53m×10m	525元/卷
创意生活	Brewster(布鲁斯特)	0.53m×10m	465元/卷
金属时代	Brewster(布鲁斯特)	0.53m×10m	420元/卷
金属时代（腰线）	Brewster(布鲁斯特)	4.6m	285元/卷
罗马假日	Brewster(布鲁斯特)	0.53m×10m	360元/卷
罗马假日（腰线）	Brewster(布鲁斯特)	5m	305元/卷

续表

产品名称	品牌	规格	参考价格
爱尔福特壁纸V-710	爱尔福特	0.75m×25m	1080元/卷
爱尔福特壁纸V-705	爱尔福特	0.75m×25m	880元/卷
爱尔福特壁纸V-702	爱尔福特	0.75m×25m	1050元/卷
爱尔福特壁纸V-707	爱尔福特	0.75m×25m	1000元/卷
爱尔福特壁纸V-706	爱尔福特	0.75m×25m	980元/卷
爱尔福特壁纸N-261	爱尔福特	0.53m×10.05m	260元/卷
爱尔福特壁纸N-286	爱尔福特	0.53m×10.05m	280元/卷
爱尔福特壁纸N-254	爱尔福特	0.53m×10.05m	260元/卷
爱尔福特壁纸R-79	爱尔福特	0.53m×17m	280元/卷
爱尔福特壁纸R-80	爱尔福特	0.53m×17m	295元/卷
爱尔福特壁纸R-82	爱尔福特	0.53×17m	280/卷
爱尔福特壁纸R-20	爱尔福特	0.53×17m	345元/卷
爱尔福特壁纸R-32	爱尔福特	0.53×17m	360元/卷

* 37. 乳胶漆的价格比较

产品名称	品牌	规格	参考价格
立邦三合一乳胶漆	立邦	5L	320元/桶
立邦抗菌三合一乳胶漆	立邦	18L	1080元/桶
立邦二代五合一高度防水透气柔光漆	立邦	18L	850元/桶
立邦梦幻千色半光超级装饰漆	立邦	4L	290元/桶
立邦梦幻千色哑光超级装饰漆	立邦	4L	345元/桶
莫威尔内墙缎光乳胶漆	莫威尔	18.93L	210元/桶

续表

产品名称	品牌	规格	参考价格
来威威雅士丝光墙面漆	来威	5L	340元/桶
大师内墙中光面漆	大师	3.72L	380元/桶
大师内墙蛋壳光面漆	大师	3.42L	418元/桶
立邦美得丽	立邦	18L	390元/桶
立邦美得丽	立邦	5L	160元/桶
立邦金装五合一内墙乳胶漆	立邦	5L	340元/桶
立邦温馨家园内墙乳胶漆	立邦	18L	390元/桶
立邦净味全效内墙乳胶漆	立邦	5L	430元/桶
多乐士二代五合一(抗菌配方)	多乐士	5L	310元/桶
多乐士超易洗强化哑光白色漆	多乐士	5L	230元/桶
多乐士梦色家白色墙面漆	多乐士	5L	150元/桶
多乐士梦色家白色墙面漆	多乐士	18L	350元/桶
多乐士金装五合一基漆(白色)	多乐士	4.45L	345元/桶
多乐士金装防水五合一乳胶漆	多乐士	5L	340元/桶
立邦全效合一礼包	立邦	15L	950元/套
立邦二代超级5合1金牌大礼包	立邦	20L	910元/套
多乐士金装全效加抗碱底漆礼包	多乐士	15L	920元/套

* 38．木器漆的价格比较

产品名称	品牌	规格	参考价格
紫荆花硝基哑光白面漆	紫荆花	13kg	600元/桶
紫荆花硝基哑光白面漆	紫荆花	3kg	165元/桶

续表

产品名称	品牌	规格	参考价格
紫荆花无苯硝基哑光清面漆	紫荆花	10kg	505元/桶
紫荆花无苯硝基半哑光清面漆	紫荆花	3kg	195元/桶
紫荆花硝基水晶底漆	紫荆花	13kg	555元/桶
紫荆花硝基白底漆	紫荆花	13kg	540元/桶
紫荆花无苯硝基白底漆	紫荆花	10kg	500元/桶
紫荆花无苯硝基透明底漆	紫荆花	10kg	490元/桶
立邦清新家园半哑时尚手扫漆	立邦	4L	230元/桶
长春藤金装硝基木器力架半哑白面漆	长春藤	4L	225元/桶
长春藤金装硝基木器力架白底漆	长春藤	4L	215元/桶
长春藤NC木器白底漆	长春藤	6L	390元/组
大孚二代硝基面漆	大孚	1kg	128元/桶
大孚硝基面漆	大孚	4L	260元/桶
大孚硝基磁漆	大孚	1kg	80元/桶
华润硝基透明底漆	华润	14kg	350元/桶
华润翠雅硝基亮光清漆	华润	14kg	385元/桶
华润翠雅硝基半光清面漆	华润	3kg	150元/桶
鳄鱼高级力架清漆半哑光	鳄鱼	13kg	335元/桶
鳄鱼力架清漆高光	鳄鱼	13kg	225元/桶
爱的硝基樱花白哑光面漆	爱的	14kg	535元/桶
爱的硝基无苯哑光清漆	爱的	3kg	138元/桶

*39. 地毯的价格比较

产品名称	品牌	材质	规格	参考价格
巧巧羊毛威尔顿地毯	巧巧	羊毛	200mm×300mm	4060元/块
巧巧90道手工羊毛毯	巧巧	羊毛	1700mm×2400mm	13000元/块
巧巧羊毛加丝地毯	巧巧	羊毛	1700mm×2400mm	4200元/块
巧巧12支3股羊毛地毯	巧巧	羊毛	1700mm×2400mm	3800元/块
巧巧羊毛带子地毯	巧巧	羊毛	1700mm×2400mm	3200元/块
港龙爱琴海地毯	港龙	丙纶	1600mm×2300mm	800元/块
港龙爱琴海地毯	港龙	丙纶	1330mm×1900mm	665元/块
港龙RX—3瑞尔雪系列	港龙	丙纶	450mm×1500mm	220元/块
港龙RX—6瑞尔雪系列	港龙	丙纶	1200mm×1700mm	435元/块
巧巧机织晴纶金银丝线	巧巧	晴纶	1200mm×1700mm	585元/块
巧巧晴纶威尔顿	巧巧	晴纶	1700mm×2400mm	1480元/块
巧巧晴纶亮光纱	巧巧	晴纶	1400mm×2000mm	1350元/块
巧巧晴纶地毯	巧巧	晴纶	1700mm×2400mm	1150元/块
港龙N—8尼龙印花地毯	港龙	尼龙	1400mm×2000mm	365元/块
港龙N—7尼龙印花地毯	港龙	尼龙	1150mm×1600mm	236元/块
港龙N—1尼龙印花地毯	港龙	尼龙	400mm×600mm	135元/块
红粉佳人人棉丝毯	红粉佳人	棉丝	1550mm×2300mm	1080元/块
红粉佳人人棉丝毯	红粉佳人	棉丝	1000mm×1400mm	4255元/块
红粉佳人人棉丝毯	红粉佳人	棉丝	2900mm×2000mm	1750元/块
港龙X—1雪尼尔系列	港龙	棉丝	500mm×800mm	120元/块
港龙X—2雪尼尔系列	港龙	棉丝	700mm×1400mm	185元/块
港龙X—3雪尼尔系列	港龙	棉丝	1100mm×1700mm	335元/块

续表

产品名称	品牌	材质	规格	参考价格
港龙X—4雪尼尔系列	港龙	棉丝	1400mm×2000mm	495元/块

* 40. 窗帘的价格比较

产品名称	品牌	规格	参考价格
雅丝竹织帘	雅丝	P80	1.5元/d
雅丝竹织帘	雅丝	P81	2元/d
雅丝竹织帘	雅丝	P82	2.5元/d
乐思富百叶花纹色	乐思富	25mm	9元/d
乐思富百叶镭射色	乐思富	25mm	8元/d
乐思富百叶特殊色	乐思富	25mm	7元/d
乐思富百叶标准色	乐思富	25mm	6元/d
乐思富百叶特殊色	乐思富	16mm	6元/d
乐思富百叶标准色	乐思富	16mm	5元/d
名成铝百叶帘哑光全配色	名成	15mm	3.5元/d
名成铝百叶帘哑粉	名成	25mm	3.5元/d
名成铝百叶帘哑光	名成	25mm	2.5元/d
名成带上梁拉珠卷帘	名成	1.80m	2元/d
名成方型民用拉珠卷帘	名成	1.80m	1.8元/d
名成卷帘钢拉珠	名成	2.00m	6.5元/d
名成卷帘钢拉珠全配色	名成	2.00m	4.5元/d
名成卷帘带上梁拉珠全配色	名成	2.00m	3.5元/d
丝络雅丝柔百叶标准型	丝络雅	标准	22元/d

续表

产品名称	品牌	规格	参考价格
拜西菲柱双变径支架	拜西菲	D20mm/D25mm/215mm	65元/个
拜西菲柱单支架	拜西菲	D25mm/135mm	55元/个
拜西菲铝合金双轨支架	拜西菲	D25mm/D25mm	45元/个
拜西菲铝合金单轨支架	拜西菲	D25mm	40元/个
本曼约银大球窗帘杆	本曼约	3.10m	462元/套
本曼约黑大球窗帘杆	本曼约	3.10m	442元/套
天日牌窗帘杆单轨	天日	3.50m	365元/套
天日牌窗帘杆单轨	天日	3.10m	335元/套
福乐嘉桦木单轨（白）	福乐嘉	3.40m	330元/套
福乐嘉桦木双轨（白）	福乐嘉	3.40m	515元/套
西尔柞木单轨窗帘杆（浅棕）	西尔	3.40m	346元/套
西尔柞木双轨窗帘杆（浅棕）	西尔	3.40m	545元/套

＊ 41．门锁的价格比较

产品名称	品牌	规格型号	材质	参考价格
久安房门锁	久安	TE500—630	不锈钢	82元/把
久安单向固定锁	久安	DA111—630	锌合金	73元/把
BSY牌球型门锁	BSY	9881HYET	锌合金	50元/把
BSY牌球型门锁	BSY	9831SS/SPET	锌合金	40元/把
久安浴室锁	久安	CB330—630	不锈钢	70元/把
久安浴室锁	久安	CA530—630	不锈钢	55元/把
BSY牌浴室锁	BSY	9832SS/SPBK	锌合金	38元/把

续表

产品名称	品牌	规格型号	材质	参考价格
BSY牌浴室锁	BSY	9852SG/SGBK	锌合金	44元/把
德曼通道锁	德曼	B78(S)CP	锌合金	120元/把
吉本不锈钢通道锁	吉本	SA1—402—CY1S	不锈钢	270元/把
顶固通道锁	顶固	E3601SKBPS	锌合金	275元/把
顶固通道锁	顶固	E3501SNPS	锌合金	258元/把
小骑兵单舌通道锁	小骑兵	BZ00544BNK	锌合金	175元/把
小骑兵单舌通道锁	小骑兵	BZ00241GBK	锌合金	170元/把
BESTKO不锈钢连体浴室锁	瑞高	310041W	不锈钢	142元/把
BESTKO不锈钢浴室锁	瑞高	4302W	不锈钢	225元/把
BESTKO不锈钢小分体浴室锁	瑞高	5018W	不锈钢	255元/把
BESTKO不锈钢小连体浴室锁	瑞高	4018N	不锈钢	352元/把
摩登卫浴锁	摩登	A84229SM14MBPN/HC	锌合金	178元/把
摩登卫浴锁	摩登	A27—229(S)—M*SC1m^2	锌合金	115元/把
EKF维克系列卫浴锁	伊可夫	DF—56186KPVD	锌合金	210元/把
EKF维克系列卫浴锁	伊可夫	DF—50101BKSC	锌合金	182元/把
EKF维克系列卫浴锁	伊可夫	Z1—7602BC—BK	锌合金	105元/把
固力镍镶镍拉丝房门锁	固力	m^{2}7N3HH11	不锈钢	178元/把
固力镍镶镍拉丝房门锁	固力	M1063TT11	不锈钢	165元/把
BKV房门分体铝锁	BKV	1233	太空铝	348元/把
BKV白色尼龙分体房门锁	BKV	11001031W3	尼龙	315元/把
BKV房门宽方盖板铝锁	BKV	1212	太空铝	256元/把
BKV分体式房门亮光铝锁	BKV	1208	太空铝	505元/把

* 42. 拉手的价格比较

产品名称	品牌	规格型号	材质	参考价格
樱花珍珠吢拉手	樱花	S9522/S	锌合金	50元/个
樱花沙钢拉手	樱花	SK701	锌合金	47元/个
樱花雾白铬拉手	樱花	S8100/192	锌合金	33元/个
樱花哑白木拉手	樱花	SK010/128	木+锌合金	18元/个
樱花沙白/铬拉手	樱花	SK010/384	锌合金	43元/个
樱花沙白/银拉手	樱花	SK002/192	锌合金	25元/个
樱花不锈钢吢拉手	樱花	S8011/128	不锈钢	30元/个
樱花不锈钢金拉手	樱花	S9894/96	不锈钢	24元/个
樱花红古铜拉手	樱花	S8304/L	铜	23元/个
志诚银色拉手	志诚	320mm	锌合金	28元/个
志诚银铬拉手	志诚	224mm	锌合金	19元/个
志诚沙兰/铬拉手	志诚	160mm	锌合金	20元/个
志诚铝银/铬拉手	志诚	160mm	锌合金	19元/个
志诚不锈钢拉手	志诚	160mm	不锈钢	19元/个
志诚玛瑙金拉手	志诚	23696	亚克力+锌合金	26元/个
志诚泡杆/铬拉手	志诚	34312128	亚克力+铜	25元/个
志诚青古铜拉手	志诚	T6L	锌合金	18元/个
小骑兵拉手	小骑兵	3264BU	锌合金	7元/个
小骑兵拉手	小骑兵	Z11196MSN	锌合金	10元/个
小骑兵高球夫拉手	小骑兵	69138	塑钢	10元/个
小骑兵橄榄球拉手	小骑兵	69238	塑钢	12元/个
小骑兵篮球拉手	小骑兵	6529	塑钢	10元/个

续表

产品名称	品牌	规格型号	材质	参考价格
小骑兵胡桃木拉手	小骑兵	04160	锌合金	16元/个
百式可拉手	百式可	33854—06	陶瓷	9元/个
百式可拉手	百式可	33114—3	陶瓷	9.5元/个
百式可拉手	百式可	38026	锌合金	12.5元/个
百式可拉手	百式可	42203—200	锌合金	19元/个

* 43. 合页的价格比较

产品名称	品牌	规格型号	材质	参考价格
海福乐铜拉丝合页	海福乐	40mm×30mm×3mm	铜	93元/付
海福乐青古铜合页	海福乐	40mm×30mm×3mm	铜	105元/付
海福乐铜抛光合页	海福乐	40mm×30mm×3mm	铜抛光	95元/付
海福乐不锈钢哑光合页	海福乐	40mm×30mm×3mm	不锈钢	93元/付
京斯信铝色双面自关合页	京斯信	70mm×30mm×4mm	金属	145元/付
京斯信沙金铜单面自关合页	京斯信	70mm×30mm×4mm	铜	90元/付
京斯信二代拉丝镍合页	京斯信	50mm×30mm×3mm	铜	97元/付
京斯信二代不锈钢合页	京斯信	50mm×30mm×3mm	不锈钢	66元/付
顶固银白合页	顶固	100mm×30mm×3mm	铜	175元/付
顶固不锈钢合页	顶固	100mm×30mm×2.5mm	不锈钢	76元/付
顶固铜合页	顶固	100mm×30mm×3mm	铜	104元/付
海蒂诗快装全盖铰链	海蒂诗	标准	钢	185元/袋
海蒂诗插座铰链	海蒂诗	标准	钢	150元/袋
海蒂诗大角全盖铰链	海蒂诗	标准	钢	63元/个

续表

产品名称	品牌	规格型号	材质	参考价格
海蒂诗内置玻璃小铰链	海蒂诗	标准	钢+玻璃	37元/个
海蒂诗NTERMAT下具上材质，泽上看，弹簧内侧铰链	海蒂诗	标准	钢	34元/个
海蒂诗全金属弹簧铰链	海蒂诗	标准	钢	28元/个
BOSS全盖快装铰链	BOSS	标准	金属	22元/付
BOSS半盖快装铰链	BOSS	标准	金属	20元/付
BT牌全盖铰链10只装	BT	标准	金属	45元/袋
BT牌半盖铰链10只装	BT	标准	金属	42元/袋

＊ 44. 门吸的价格比较

产品名称	品牌	规格型号	材质	参考价格
樱花不锈钢门吸	樱花	7792	不锈钢	35元/付
樱花高级沙金门吸	樱花	203	锌合金	23元/付
樱花青古铜地吸	樱花	204	锌合金	28元/付
顶固珍珠铬门磁吸	顶固	T3293	金属	62元/付
顶固金拉丝门磁吸	顶固	T3289	金属	45元/付
BKV牌铝门吸	BKV	8009	太空铝	48元/付

＊ 45. 滑轨道的价格比较

产品名称	品牌	规格型号	材质	参考价格
海蒂诗滚珠三节全黑路轨	海蒂诗	600mm	钢	85元/付
海蒂诗滚珠三节全黑路轨	海蒂诗	550mm	钢	77元/付
海蒂诗滚珠三节全黑路轨	海蒂诗	500mm	钢	71元/付

续表

产品名称	品牌	规格型号	材质	参考价格
海蒂诗滚珠三节全黑路轨	海蒂诗	450mm	钢	65元/付
海蒂诗滚珠三节全黑路轨	海蒂诗	400mm	钢	59元/付
海蒂诗滚珠三节全黑路轨	海蒂诗	350mm	钢	54元/付
海蒂诗滚珠三节全黑路轨	海蒂诗	300mm	钢	50元/付
海蒂诗滚珠三节全黑路轨	海蒂诗	250mm	钢	45元/付
海福乐镀黑锌三节轨	海福乐	600mm	镀黑锌	115元/付
海福乐镀黑锌三节轨	海福乐	550mm	镀黑锌	105元/付
海福乐镀黑锌三节轨	海福乐	500mm	镀黑锌	100元/付
海福乐镀黑锌三节轨	海福乐	450mm	镀黑锌	95元/付
海福乐镀黑锌三节轨	海福乐	400mm	镀黑锌	89元/付
海福乐镀黑锌三节轨	海福乐	350mm	镀黑锌	84元/付
海福乐镀黑锌三节轨	海福乐	300mm	镀黑锌	75元/付
海福乐镀黑锌三节轨	海福乐	250mm	镀黑锌	68元/付

* 46. 开关插座的价格比较

产品名称	品牌	规格型号	材质	参考价格
梅兰日兰L86系列一位双控大跷扳开关	梅兰日兰	L210/2WBBHB	进口PC	41元/个
梅兰日兰L86系列二位双控大跷扳开关	梅兰日兰	L220/2WBBHB	进口PC	47元/个
梅兰日兰L86系列三位双控大跷扳开关	梅兰日兰	L230/2WBBHB	进口PC	62元/个
梅兰日兰U86系列四位单控开关	梅兰日兰	U140/1W	进口PC	47元/个
西门子灵致一位双控荧光开关	西门子	5TA0834—3NC3	PC材料	33元/个
西门子灵致二位双控荧光开关	西门子	5TA0864—3NC3	PC材料	41元/个

续表

产品名称	品牌	规格型号	材质	参考价格
西门子灵致三位双控荧光开关	西门子	5TA0894—3NC3	PC材料	52元/个
西门子灵致四位单控荧光开关	西门子	5TA0782—2NC2	PC材料	57元/个
松下纯86系列一位双控开关	松下	WMS502	塑料	23元/个
松下纯86系列二位双控开关	松下	WMS504	塑料	32元/个
松下纯86系列三位双控开关	松下	WMS506	塑料	37元/个
松下宏彩系列四联单控开关	松下	WF577	塑料	78元/个
朗能NB18一位单极大翘板开关	朗能	NB181Q/1—B	PC塑料+A66尼龙	31元/个
朗能NB18二位单极大翘板开关	朗能	NB182Q/1—B	PC塑料+A66尼龙	37元/个
朗能NB18三位单极大翘板开关	朗能	NB183Q/1—B	PC塑料+A66尼龙	51元/个
朗能NB18四位单极大翘板开关	朗能	NB184Q/1—B	PC塑料+A66尼龙	64元/个
TCL A6一位双控荧光开关	TCL	A6/31/2/3BY	PC塑料	29元/个
TCL A6二位双控荧光开关	TCL	A6/32/2/3CY	PC塑料	34元/个
TCL A6三位双控荧光开关	TCL	A6/33/1/2AY	PC塑料	44元/个
TCL A6系列四位单极带荧光小按钮开关	TCL	A6/34/1/2DY	PC塑料	45元/个
西蒙59系列单开带荧光开关	西蒙	59013Y	PC塑料	28元/个
西蒙59系列双开带荧光开关	西蒙	59023Y	PC塑料	40元/个
西蒙59系列三开带荧光开关	西蒙	59033Y	PC塑料	53元/个
西蒙欧式60系列四位单极开关	西蒙	60174—60	PC塑料	71元/个
罗格朗美特系列单联单控大翘板开关	罗格朗	6146—20	聚碳酸脂	18元/个
罗格朗美特系列双联双控带指示灯开关	罗格朗	6146—43	聚碳酸脂	41元/个
罗格朗美特系列三联双控带指示灯开关	罗格朗	6146—45	聚碳酸脂	53元/个
罗格朗美特系列四联单控开关	罗格朗	6145—06	聚碳酸脂	48元/个

* 47．吊灯的价格比较

表中规格型号内"/"号后面表示的是灯头的数量和形式。例9396/4+1意为9396型号、5个灯头。

产品名称	品牌	规格型号	材质	参考价格
希莉娜吊灯	希莉娜	9396/4+1	玻璃	535元/个
希莉娜吊灯（古银）	希莉娜	9384/5	玻璃	565元/个
希莉娜吊灯（古银）	希莉娜	9384/3	玻璃	430元/个
希莉娜吊灯（金香槟）	希莉娜	9336/3	玻璃	395元/个
希莉娜金吊灯	希莉娜	9362/6+2金	玻璃	1750元/个
希莉娜金吊灯	希莉娜	8013/4+8+3金	玻璃	4550元/个
保时利吊灯	保时利	1210/6+1	磨砂玻璃	625元/个
保时利吊灯	保时利	1219/8+1	磨砂玻璃	775元/个
保时利吊灯	保时利	1187/8	玻璃	1000元/个
胜球花灯	胜球	8006/5+1	玻璃	445元/个
胜球花灯	胜球	8006/8+1	玻璃	545元/个
胜球水晶灯	胜球	22197/8	水晶玻璃	2150元/个
胜球水晶灯	胜球	42454/24	水晶玻璃	3365元/个
美华餐灯	美华	1012	铝	235元/个
美华餐灯	美华	1025	铝	252元/个
原点吊灯	原点	7001/1	玻璃+铜网	269元/个
原点吊灯	原点	9084/2	实木+玻璃	425元/个
原点吊灯	原点	9084/3	实木+玻璃	435元/个
莱兹水晶灯	莱兹	C3017/1036-12	水晶	2278元/个
莱兹水晶灯	莱兹	C11/906-36/C	水晶	3385元/个
莱兹水晶灯	莱兹	S2022-23"	水晶	6980元/个

续表

产品名称	品牌	规格型号	材质	参考价格
莱兹水晶灯	莱兹	C2009/33"	水晶	9880元/个

* 48. 吸顶灯的价格比较

产品名称	品牌	规格型号	材质	参考价格
飞利浦清逸吸顶灯(25W)	飞利浦	BCS2803/25WT5	塑料	155元/个
飞利浦清妍吸顶灯(25W)	飞利浦	BCS2503/25WT5	塑料	128元/个
飞利浦云乐嵌入式厨房灯 (36 W)	飞利浦	TBS108 2×18W	亚克力	220元/个
飞利浦向日葵吸顶灯 (32W)	飞利浦	BGS3506HF	塑料	285元/个
飞利浦欧韵吸顶灯三叶形 (32W)	飞利浦	BCS3504HF	塑料	286元/个
TCL光之韵型吸顶灯 (32W)	TCL	MX—C32CXYW	塑料	165元/个
TCL光之韵吸顶灯 (40W)	TCL	MX—C40CXYW	亚克力	185元/个
TCL海王星T情趣吸顶灯 (32W)	TCL	TCLMX—32CXYT	塑料	165元/个
天王星护眼A型吸顶灯 (55W)	TCL	TCLMX—C55CXYA	亚克力	245元/个
雷士嵌入式电子吸顶灯 (13W)	雷士	NCS13—313	亚克力	77元/个
雷士嵌入式电子吸顶灯 (25W)	雷士	NCS25—313	亚克力	88元/个
雷士嵌入式电子吸顶灯 (32W)	雷士	NCS32—314	亚克力	95元/个
松下防潮型吸顶灯 (22W)	松下	HWC750	塑料	110元/个
松下吸顶灯 (32W)	松下	HAC9017E	塑料	286元/个
松下吸顶灯 (72W)	松下	597259	塑料	525元/个
松下电子三基色吸顶灯 (32W)	松下	HAC9048E	塑料	345元/个
朗能天鹅湖吸顶灯(9W)	朗能	X809	塑料	72元/个
朗能小镜湖吸顶灯(13W)	朗能	X813	塑料	82元/个

续表

产品名称	品牌	规格型号	材质	参考价格
朗能小镜湖吸顶灯(21W)	朗能	X821	亚克力	115元/个
朗能天鹅湖吸顶灯(25W)	朗能	X825	塑料	105元/个
朗能白雪公主吸顶灯(96W)	朗能	LN—X896	塑料	730元/个
千丽吸顶灯	千丽	E5054/AA/1	玻璃	275元/个
千丽吸顶灯	千丽	A5037/AA/2	玻璃	388元/个
千丽吸顶灯	千丽	A5037/AA/3	玻璃	499元/个
千丽吸顶灯	千丽	B5037/AA/4	玻璃	958元/个
千丽吸顶灯	千丽	C5019/AA/5	玻璃	398元/个
骏雅竹艺仿羊皮吸顶灯	骏雅	8185	竹艺仿羊皮	580元/个
骏雅竹艺仿羊皮吸顶灯	骏雅	8136/B	竹艺仿羊皮	395元/个
骏雅竹艺仿羊皮吸顶灯	骏雅	8125/A	竹艺仿羊皮	529元/个
海菱仿羊皮吸顶灯	海菱	MX5546C	仿羊皮	185元/个
海菱仿羊皮吸顶灯	海菱	MX5546B	仿羊皮	272元/个
海菱仿羊皮吸顶灯	海菱	MX5772C	仿羊皮	715元/个
海菱仿羊皮吸顶灯	海菱	MX5772B	仿羊皮	1000元/个

* 49. 筒灯的价格比较

产品名称	品牌	规格型号	材质	参考价格
三立平面压铸筒灯（白色）	三立	706直插	铁	20元/个
三立防雾筒灯（3寸/白色）	三立	SLQ400直插	铁	35元/个
三立防雾筒灯（4寸/白色）	三立	SLQ401直插	铁	45元/个
三立直筒灯(5寸/白色)	三立	501T直插	铁	34元/个

续表

产品名称	品牌	规格型号	材质	参考价格
三立方形压铸筒灯	三立	828F直插	锌合金	37元/个
三立直插筒灯（拉丝银＋银）	三立	808直插	铁	29元/个
三立防雾筒灯（4寸/白色）	三立	SLQ404横插	铁	46元/个
三立6寸双横插防雾筒灯	三立	611HDT横插	铁	75元/个
三立4寸横螺口筒灯	三立	423HE横插	铁	33元/个
雷士工程筒灯	雷士	NDL312B/BN直插	钢材	16元/个
雷士家装小筒灯	雷士	NDL3125P—ECD直插	钢材	18元/个
雷士工程刷金筒灯	雷士	NDLZ312P—AD直插	冷轧板	20元/个
雷士明装筒灯	雷士	NDLM9135LSG直插	钢材	28元/个
雷士明装筒灯	雷士	NDL914R/LW直插	钢材	73元/个
雷士螺口筒灯	雷士	NDL954LW横插	钢材	47元/个
雷士螺口防雾筒灯	雷士	NDL974LW横插	钢材	50元/个
雷士筒灯	雷士	NDL945—2/LW横插	钢材	80元/个
雷士筒灯	雷士	NDL944/LW横插	钢材	63元/个
雷士筒灯	雷士	NDL934/LW横插	钢材	60元/个
雷士筒灯	雷士	NDL964/LW横插	钢材	42元/个

＊ 50. 射灯的价格比较

产品名称	品牌	规格型号	材质	参考价格
欧普32W圆灯（嵌冷白）	欧普	MQ22—Y32	塑料	57元/个
明德利吶压铸石英射灯	明德利	B5031吶	锌合金	24元/个
明德利压铸石英射灯（黑）	明德利	B7400黑	锌合金	37元/个

续表

产品名称	品牌	规格型号	材质	参考价格
明德利压铸石英射灯（铬）	明德利	B7280铬	锌合金	27元/个
三立格栅射灯（闪光银）	三立	SLQ513	铝＋钢材	190元/个
三立格栅射灯（闪光银）	三立	SLQ511	铝＋钢材	130元/个
三立格栅射灯（闪光银）	三立	SLQ501	铝＋钢材	77元/个
雷士格栅射灯	雷士	NDL503SB/LSG	铝合金＋铁材	210元/个
雷士格栅射灯	雷士	NDL502SB/LSG	铝合金＋铁材	165元/个
明德利座式射灯（粉）	明德利	3015D	金属＋玻璃	56元/个
明德利长杆座式射灯（拉丝）	明德利	2008G	拉丝不锈钢	57元/个
明德利轨道射灯	明德利	2008D	拉丝不锈钢	49元/个
雷士轨道射灯	雷士	TLN150/300LWG	锌合金	68元/个
雷士轨道射灯	雷士	TLN132/300LW	锌合金	61元/个
雷士走线灯	雷士	NTW160	锌合金	800元/个
雷士走线灯	雷士	NTW161B	锌合金	510元/个
雷士软轨灯	雷士	LVR222－3	锌合金	390元/个

＊ 51．壁灯的价格比较

产品名称	品牌	规格型号	材质	参考价格
千丽壁灯	千丽	4518	玻璃	96元/个
千丽壁灯	千丽	4514	玻璃	104元/个
千丽壁灯	千丽	4519	玻璃	113元/个
文联壁灯	文联	B0048/1B	玻璃	185元/个
文联壁灯	文联	B0059/2B	玻璃	256元/个

续表

产品名称	品牌	规格型号	材质	参考价格
文联壁灯	文联	B0001/3	玻璃	435元/个
吉豪壁灯	吉豪	0626/1	玻璃	66元/个
吉豪壁灯	吉豪	881/B	玻璃	92元/个
铭海壁灯	铭海	EW2625	玻璃	230元/个
铭海壁灯	铭海	EW2623	玻璃	245元/个
施诺特大壁灯	施诺特	9009/2	玻璃	156元/个
施诺特绿壁灯	施诺特	9070/2	玻璃	188元/个
施诺特壁灯	施诺特	9091/2	玻璃	135元/个
施诺特白壁灯	施诺特	9030/1	玻璃	105元/个
施诺特橙壁灯	施诺特	9088/1	玻璃	86元/个
东方名仕镜前灯	东方名仕	38051/13W	玻璃	130元/个
东方名仕镜前灯	东方名仕	38051/19W	玻璃	142元/个
东方名仕砂灰镜前灯	东方名仕	10006—19W砂灰	玻璃	120元/个
东方名仕橙色镜前灯	东方名仕	69123—3	玻璃	135元/个
东方名仕橙色镜前灯	东方名仕	69123—2	玻璃	105元/个

* 52. 面盆的价格比较

产品名称	品牌	规格型号	材质	参考价格
科勒台上盆	科勒	K—2950—1/8	科勒铸铁	1580元/套
科勒台上盆	科勒	K—2187—8—0	釉面陶瓷	625元/套
科勒台上盆	科勒	K—8746—1—0	釉面陶瓷	985元/套
科勒台上盆	科勒	K—2200—G	釉面陶瓷	1650元/套

续表

产品名称	品牌	规格型号	材质	参考价格
科勒芬乐尔系列修边式台上盆	科勒	K-2186-4	釉面陶瓷	1450元/套
TOTO碗式洗面盆	TOTO	LW528B	陶瓷	1060元/套
TOTO台上盆	TOTO	LW910CFB	陶瓷	960元/套
TOTO台上盆	TOTO	LW986CFB	陶瓷	925元/套
美标欧泊椭圆碗盆	美标	CPF608.000	陶瓷	1480元/套
美标方碗盆	美标	CP-F606.000	陶瓷	940元/套
美标美漫特台上盆	美标	CP-F488	陶瓷	825元/套
美标汤尼克碗盆	美标	CP-F467	陶瓷	1000元/套
美标阿卡西亚单孔碗盆	美标	CP-F489	陶瓷	1100元/套
箭牌台上盆	箭牌	AP-430	瓷质陶瓷	570元/套
箭牌台上盆	箭牌	AP-404	瓷质陶瓷	452元/套
箭牌台上盆	箭牌	AP-427	瓷质陶瓷	405元/套
科勒温蒂斯系列台下盆	科勒	K-2240	釉面陶瓷	825元/套
科勒利尼亚系列台下盆	科勒	K-2219	釉面陶瓷	1000元/套
科勒卡斯登系列台下盆	科勒	K-2210	釉面陶瓷	515元/套
TOTO台下盆	TOTO	LW581CB	陶瓷	755元/套
TOTO台下盆	TOTO	LW581CFB	陶瓷	828元/套
TOTO台下盆	TOTO	LW537B	陶瓷	488元/套
TOTO台下盆	TOTO	LW548B	陶瓷	600元/套
美标前溢水孔台下盆	美标	CP-0488	陶瓷	570元/套
美标迈阿密台下盆	美标	CP-0435	陶瓷	968元/套
美标莉兰台下盆	美标	CP-0437	陶瓷	586元/套

续表

产品名称	品牌	规格型号	材质	参考价格
美标维多利亚台下盆	美标	CP—0433	陶瓷	625元/套
箭牌台下盆	箭牌	AP—416	瓷质陶瓷	600元/套
箭牌台下盆	箭牌	AP—418	瓷质陶瓷	498元/套
斯洛美台下盆	斯洛美	SD—712	陶瓷	378元/套
斯洛美台下盆	斯洛美	SD—752	陶瓷	545元/套
斯洛美台下盆	斯洛美	SD—730	陶瓷	458元/套
科勒梅玛系列柱盆	科勒	K—2238—4	陶瓷	1630元/套
科勒佩斯格系列柱盆	科勒	K—8747—1/8	陶瓷	1790元/套
科勒富丽奥系列柱盆	科勒	K—2017—4	釉面陶瓷	925元/套
科勒柏丽诗系列柱盆	科勒	K—8715—1	釉面陶瓷	1050元/套
美标汤尼克柱盆	美标	CP—FK66	陶瓷	1020元/套
美标美漫特柱盆	美标	CP—FK88	陶瓷	1250元/套
美标三孔八寸柱盆	美标	CP—F078	陶瓷	1488元/套
美标金玛柱盆	美标	CP—0590.004	陶瓷	988元/套
箭牌柱盆	箭牌	AP308/908+A1223L	瓷质陶瓷+铜	755元/套
箭牌柱盆	箭牌	AP322C/AL910	瓷质陶瓷	688元/套
箭牌柱盆	箭牌	AP—319B/901	瓷质陶瓷	568元/套
美标汤尼克半挂盆	美标	CP—F067	陶瓷	1199元/套
美标阿卡西亚半挂盆	美标	CF—F072.001	陶瓷	1299元/套
澳斯曼带不锈钢架挂盆	澳斯曼	AS—1613	陶瓷+不锈钢	2099元/套

* 53. 坐便器的价格比较

产品名称	品牌	规格型号	材质	参考价格
科勒分体坐便器	科勒	KC—3490	釉面陶瓷	1855元/套
科勒华威富系列分体坐便器	科勒	KC—3422	釉面陶瓷	1210元/套
科勒华威富系列分体坐便器	科勒	K—3422	釉面陶瓷	1175元/套
科勒温德顿系列分体坐便器	科勒	K—8756—6	釉面陶瓷	905元/套
美标分体坐便器	美标	CP—2150.002	瓷质陶瓷	1430元/套
美标分体坐便器	美标	CP—2199	陶瓷	1668元/套
美标分体坐便器	美标	CP—2519	陶瓷	835元/套
美标加长分体坐便器	美标	CP—2611	陶瓷	1050元/套
TOTO分体坐便器	TOTO	CW342BSW341B	陶瓷	1138元/套
TOTO分体坐便器	TOTO	CW804PB400/SWN804B	陶瓷	1679元/套
TOTO分体坐便器	TOTO	CW704B/SW706B	陶瓷	899元/套
TOTO分体坐便器	TOTO	CW703NB/SW706RB	陶瓷	799元/套
箭牌分体坐便器	箭牌	AB—2111	瓷质陶瓷	855元/套
箭牌分体坐便器	箭牌	AB2110L/AS8107D	瓷质陶瓷	788元/套
科勒连体坐便器	科勒	K—17510—0	釉面陶瓷	3788元/套
科勒丽安托系列连体坐便器	科勒	K—3386	釉面陶瓷	2688元/套
科勒圣罗莎系列连体坐便器	科勒	K—3323	釉面陶瓷	2488元/套
科勒嘉珀莉坐便器	科勒	K—3322	釉面陶瓷	3277元/套
美标丽科连体坐便器	美标	CP—2007.002	陶瓷	2055元/套
美标汤尼克连体坐便器	美标	CP—2181.002	陶瓷	1399元/套
美标超创加长连体坐便器	美标	CP2008	陶瓷	2899元/套
TOTO连体坐便器	TOTO	CW924B	陶瓷	2666元/套

续表

产品名称	品牌	规格型号	材质	参考价格
TOTO连体坐便器	TOTO	CW436RB	陶瓷	3866元/套
TOTO连体坐便器	TOTO	CW436SB	陶瓷	3388元/套
TOTO连体坐便器	TOTO	CW904B	陶瓷	3666元/套
箭牌连体坐便器	箭牌	AB1258LD	瓷质陶瓷	1866元/套
箭牌连体坐便器	箭牌	AB1242LD	瓷质陶瓷	999元/套
箭牌连体坐便器	箭牌	AB1221JLD	瓷质陶瓷	2199元/套
箭牌连体坐便器	箭牌	AB1228JD	瓷质陶瓷	1788元/套

＊ 54. 浴缸的价格比较

产品名称	品牌	规格型号	材质	参考价格
美标左裙带扶手浴缸	美标	1700mm×780mm×430mm	钢板	2955元/套
美标左裙不带扶手浴缸	美标	1700mm×780mm×430mm	钢板	2699元/套
美标无裙边钢板搪瓷浴缸	美标	1400mm×700mm×350mm	钢板	999元/套
美标加厚钢板无裙边扶手浴缸	美标	1700mm×750mm×425mm	钢板	2499元/套
美标坐泡式搪瓷钢板浴缸	美标	1100mm×700mm×475mm	钢板	1150元/套
乐家普林无裙钢浴缸	乐家	1500mm×750mm×400mm	钢板	1400元/套
乐家康莎钢板浴缸	乐家	1600mm×700mm×400mm	钢板	1066元/套
乐家康莎无裙钢浴缸	乐家	1500mm×700mm×400mm	钢板	966元/套
TOTO铸铁浴缸	TOTO	1500mm×750mm×460mm	铸铁	2879元/套
TOTO铸铁浴缸	TOTO	1700mm×750mm×490mm	铸铁	4450元/套
TOTO无裙边浴缸	TOTO	1500mm×700mm×430mm	铸铁	2220元/套
TOTO铸铁右（左）裙浴缸	TOTO	1677mm×800mm×480mm	铸铁	4777元/套

续表

产品名称	品牌	规格型号	材质	参考价格
科勒梅玛左裙铸铁浴缸	科勒	1524mm×813mm×442mm	铸铁	4688元/套
科勒科尔图特系列铸铁浴缸	科勒	1400mm×700mm×435mm	铸铁	2666元/套
科勒无手把安装孔铸铁浴缸	科勒	1700mm×700mm×435mm	铸铁	3055元/套
科勒雅黛乔铸铁浴缸	科勒	1700mm×800mm×485mm	铸铁	5388元/套
科勒索尚铸铁浴缸	科勒	1500mm×700mm×403mm	铸铁	2566元/套
箭牌单裙浴缸	箭牌	1500mm×770mm×480mm	压克力	1366元/套
箭牌有裙浴缸	箭牌	1500mm×800mm×510mm	压克力	1850元/套
TOTO亚克力浴缸	TOTO	1500mm×750mm×430mm	压克力	1780元/套
TOTO珠光浴缸	TOTO	1700mm×800mm×595mm	压克力	2855元/套
法恩莎双裙浴缸	法恩莎	1500mm×800mm×600mm	压克力	3966元/套
法恩莎双裙浴缸	法恩莎	1700mm×800mm×600mm	压克力	4299元/套
法恩莎单裙左浴缸	法恩莎	1700mm×800mm×510mm	压克力	3388元/套
法恩莎单裙右浴缸	法恩莎	1500mm×800mm×510mm	压克力	2988元/套
嘉熙和乐安康套餐	嘉熙	套餐	香柏木	2268元/套
嘉熙福寿双全套餐	嘉熙	套餐	香柏木	2388元/套
嘉熙家和业顺套餐	嘉熙	套餐	香柏木	2788元/套
嘉熙澡桶	嘉熙	1000mm×580mm×870mm	香柏木	2485元/套
嘉熙澡桶	嘉熙	1200mm×600mm×680mm	香柏木	2525元/套
嘉熙澡桶	嘉熙	1450mm×750mm×870mm	香柏木	3688元/套
嘉熙澡桶	嘉熙	1600mm×720mm×630mm	香柏木	4888元/套

＊ 55．淋浴房的价格比较

产品名称	品牌	规格型号	材质	参考价格
欧路莎整体房	欧路莎	1200mm×800mm×2150mm	复合板材	6488元/套
欧路莎整体房	欧路莎	950mm×950mm×2170mm	复合板材	4666元/套
欧路莎冲浪淋浴房	欧路莎	1500mm×950mm×2150mm	复合板材	7388元/套
欧路莎冲浪淋浴房	欧路莎	1700mm×900mm×2130mm	复合板材	10650元/套
欧路莎冲浪淋浴房	欧路莎	1390mm×1390mm×2150mm	复合板材	11680元/套
欧路莎蒸汽淋浴房	欧路莎	1500mm×950mm×2150mm	复合板材	8380元/套
欧路莎蒸汽淋浴房	欧路莎	900mm×900mm×2150mm	复合板材	6980元/套
欧路莎蒸汽淋浴房	欧路莎	1100mm×1100mm×2130mm	复合板材	7150元/套
万斯敦整体房	万斯敦	900mm×900mm×2150mm	玻璃+不锈钢+压克力	4258元/套
万斯敦豪华整体房	万斯敦	1200mm×800mm×2100mm	玻璃+不锈钢+压克力	4628元/套
万斯敦整体淋浴房	万斯敦	900mm×900mm×2100mm	玻璃+不锈钢+压克力	3888元/套
万斯敦智能型蒸汽房	万斯敦	1100mm×800mm×2150mm	玻璃+不锈钢+压克力	9366元/套
万斯敦电脑蒸汽房	万斯敦	900mm×900mm×2150mm	玻璃+不锈钢+压克力	7050元/套
万斯敦电脑蒸汽房	万斯敦	1700mm×900mm×2150mm	玻璃+不锈钢+压克力	11380元/套
万斯敦智能电脑蒸汽房	万斯敦	1100mm×1100mm×2120mm	玻璃+不锈钢+压克力	9335元/套
万斯敦智能电脑蒸汽房	万斯敦	1500mm×850mm×2150mm	玻璃+不锈钢+压克力	12388元/套
摩恩淋浴屏	摩恩	12151	压克力+铜	1479元/套
摩恩淋浴屏	摩恩	85216	复合面板	2546元/套
摩恩淋浴屏	摩恩	211318	压克力+铜	825元/套
美标现代版淋浴屏	美标	CF—4807	复合面板	1200元/套
美标迈阿密淋浴屏	美标	CF—4802.901	复合面板	1388元/套
美标迈阿密淋浴屏	美标	CF—4801.901.09	复合面板	1866元/套
美标迈阿密淋浴屏	美标	CF—4801.901	复合面板	1999元/套

* 56. 水槽的价格比较

产品名称	品牌	规格型号	材质	参考价格
欧驰单盆水槽	欧驰	480mm×410mm×175mm	高镍脱瓷不锈钢	285元/套
欧驰单盆水槽	欧驰	420mm×420mm×185mm	高镍脱瓷不锈钢	310元/套
福兰特单盆水槽	福兰特	610mm×500mm×220mm	进口304不锈钢	438元/套
福兰特单盆水槽	福兰特	560mm×450mm×200mm	进口304不锈钢	365元/套
摩恩单盆水槽	摩恩	430mm×430mm×200mm	进口304不锈钢	528元/套
墨林单盆水槽	墨林	455mm×455mm×190mm	进口304不锈钢	475元/套
墨林单盆水槽	墨林	570mm×460mm×200mm	进口304不锈钢	438元/套
墨林单盆水槽	墨林	460mm×400mm×200mm	进口304不锈钢	385元/套
科勒双盆水槽	科勒	838mm×470mm×220mm	铸铁	2488元/套
苏黎世T系列双水槽	弗兰卡	840mm×470mm×200mm	不锈钢	1588元/套
苏黎世T系列双水槽	弗兰卡	795mm×430mm×200mm	不锈钢	1180元/套
日内瓦L系列双水槽	弗兰卡	815mm×450mm×200mm	不锈钢	1488元/套
日内瓦L系列双水槽	弗兰卡	1140mm×450mm×200mm	不锈钢	1866元/套
格蕾莎系列双槽	弗兰卡	1160mm×500mm×190mm	不锈钢	2836元/套
格蕾莎系列双水槽	弗兰卡	860mm×500mm×190mm	不锈钢	2177元/套

* 57. 水龙头的价格比较

产品名称	品牌	规格型号	材质	参考价格
汉斯格雅爱家乐丽丝厨房龙头	汉斯格雅	32810	铜锌合金	1055元/个
汉斯格雅爱家乐 施美厨房龙头	汉斯格雅	31900	铜锌合金	1366元/个
汉斯格雅厨房龙头	汉斯格雅	14830000	铜锌合金	1700元/个
美标丽舒单孔厨房龙头	美标	CF-5604.501	铜+镀铬	988元/个

续表

产品名称	品牌	规格型号	材质	参考价格
美标迈阿密弧形厨房龙头	美标	CF—5608.501	铜+镀铬	711元/个
美标塞特单孔厨房龙头	美标	CF—5621.501	铜+镀铬	611元/个
科勒厨房龙头	科勒	K—8674—4M—CP	铜+镀铬	1966元/个
科勒厨房龙头	科勒	K—12177—CP	铜+镀铬	1188元/个
科勒索丽奥厨房龙头	科勒	K—8690—CP	铜+镀铬	766元/个
汉斯格雅梦迪亚Ⅱ单把面盆龙头	汉斯格雅	15010	锌铜合金	1495 /个
汉斯格雅梦迪宝Ⅱ单把面盆龙头	汉斯格雅	14010	锌铜合金	1399元/个
汉斯格雅达丽雅单把面盆龙头	汉斯格雅	33001	锌铜合金	866元/个
TOTO面盆龙头	TOTO	DL207HN	铜	899元/个
TOTO单孔单柄面盆龙头	TOTO	DL307E	铜+镀铬	606元/个
TOTO单孔单柄混合面盆龙头	TOTO	DL307—1	铜+镀铬	588元/个
科勒菲尔法斯系列双把脸盆龙头	科勒	K—8658T—CP	铜+镀铬	1222元/个
科勒高把面盆龙头	科勒	K—12183T—CP	铜+镀铬	1155元/个
科勒双把脸盆龙头	科勒	K—8661—2	铜+镀铬	899元/个
汉斯格雅梦迪亚Ⅰ单把浴缸龙头	汉斯格雅	15400	锌铜合金	2266元/个
汉斯格雅梦迪宝Ⅱ单把浴缸龙头	汉斯格雅	14410	锌铜合金	1866元/个
汉斯格雅达丽雅单把浴缸龙头	汉斯格雅	33400	锌铜合金	1088元/个
科勒浴缸花洒龙头	科勒	K—8641—CP	铜+镀铬	1680元/个
科勒浴缸龙头	科勒	K—8696—CP	铜+镀铬	1425元/个
科勒浴缸花洒龙头	科勒	K—8654—C	铜+镀铬	1330元/个
法恩莎浴缸龙头	法恩莎	F82334C	铜	825元/个
法恩莎浴缸龙头	法恩莎	F82337C	铜	725元/个

续表

产品名称	品牌	规格型号	材质	参考价格
法恩莎挂墙浴缸龙头	法恩莎	F2307C	铜+镀铬	525元/个
摩恩淋浴柱	摩恩	57160+2232	铜+镀铬	2626元/个
摩恩泰娅明装淋浴龙头	摩恩	5248	铜+镀铬	1188元/个
摩恩淋浴龙头	摩恩	FD5004	铜+镀铬	866元/个
汉斯格雅淋浴龙头	汉斯格雅	13261000	锌铜合金	2255元/个
汉斯格雅梦迪雅II单把淋浴龙头	汉斯格雅	15610	铜锌合金	1666元/个
汉斯格雅达丽丝暗装淋浴龙头	汉斯格雅	32675	锌铜合金	1050元/个

* 58. 抽油烟机的价格比较

产品名称	品牌	规格型号	材质	参考价格
方太欧式平板油烟机	方太	CXW-189-D5BH	不锈钢+玻璃	1999元/台
方太欧式平板油烟机	方太	CXW-189-D8BH	不锈钢+玻璃	3288元/台
老板平板式油烟机	老板	CXW-200-8306TB	不锈钢	4888元/台
老板平板式油烟机	老板	CXW-200-736TB	不锈钢	4366元/台
老板平板式油烟机	老板	CXW-200-728TB	不锈钢+玻璃	3588元/台
帅康欧式油烟机	帅康	CXW-200-T398Q	不锈钢	4866元/台
帅康欧式油烟机	帅康	CXW-200-T299	不锈钢	3188元/台
帅康欧式油烟机	帅康	CXW-200-TA6II	不锈钢+玻璃	2699元/台
普田平板式油烟机	普田	CXW-218-33	不锈钢	2380元/台
普田平板式油烟机	普田	CXW-218-31	不锈钢	1480元/台
帅康深罩型油烟机	帅康	CXW-200-MD65Q	钢	2258元/台
帅康深罩型油烟机	帅康	CXW-200-M316Q	不锈钢	1488元/台

续表

产品名称	品牌	规格型号	材质	参考价格
帅康深罩型油烟机	帅康	CXW—200—M315	钢	888元/台
方太深罩型烟机	方太	CXW—189—S5L	钢	1988元/台
方太深罩型烟机	方太	CXW—199—ST02	钢	1688元/台
松下深罩型烟机	松下	FV—75HDS1C	不锈钢	2150元/台
松下深罩型烟机	松下	75HD2C	钢	1780元/台
松下深罩型烟机	松下	FV—75HG3C	不锈钢	999元/台
老板深罩型烟机	老板	CXW—200—235TB	不锈钢	3755元/台
老板深罩型烟机	老板	CXW—185—339TB	不锈钢	2550元/台
老板深罩型烟机	老板	CXW—185—3002T	不锈钢	1788元/台

＊ 59. 燃气灶的价格比较

产品名称	品牌	规格型号	材质	参考价格
老板内嵌式燃气灶	老板	700mm×395mm×150mm	不锈钢	968元/台
老板内嵌式燃气灶	老板	290mm×510mm×100mm	拉丝不锈钢	1566元/台
老板内嵌式燃气灶	老板	740mm×440mm×150mm	拉丝不锈钢	1788元/台
老板内嵌式燃气灶	老板	760mm×410mm×150mm	陶瓷面板	2188元/台
普田内嵌式燃气灶	普田	JZ.2—Q202J	不锈钢	1250元/台
普田内嵌式燃气灶	普田	Q202C	不锈钢	1350元/台
普田内嵌式燃气灶	普田	Q202A	不锈钢	1560元/台
伊莱克斯燃气灶	伊莱克斯	JZ20Y.2—EQ26X	不锈钢	1366元/台
亿田燃气灶（带盖灶）	亿田	JZT3—2000B1XF	不锈钢	1666元/台
方太燃气灶	方太	JZY.2—HQ5G	不锈钢	1860元/台

续表

产品名称	品牌	规格型号	材质	参考价格
方太燃气灶	方太	JZT.3—FR05	不锈钢	2499元/台
方太燃气灶	方太	JZY/T/R.2—FZG	不锈钢	988元/台
帅康燃气灶	帅康	QAS—98—G5	钢化玻璃	1488元/台
帅康燃气灶	帅康	QAS—98—G6	钢化玻璃	1788元/台
帅康燃气灶	帅康	QDS—98—L5	不锈钢	2166元/台
松下燃气灶	松下	GE—215FCB	钢	1350元/台
松下燃气灶	松下	213SCS	不锈钢	1480元/台
松下燃气灶	松下	GE—212CWA	彩陶	1660元/台
得力燃气灶	得力	JZ—230A	不锈钢	1680元/台
得力燃气灶	得力	JZ—621	不锈钢	1980元/台
SMEG 燃气灶	SMEG	SRV573X	不锈钢	3800元/台
SMEG 燃气灶	SMEG	SRV572X	不锈钢	3999元/台

＊ 60. 消毒柜的价格比较

产品名称	品牌	规格型号	参考价格
百信消毒碗柜	百信	SGD—50	1050元/台
百信消毒碗柜	百信	SGD—55	1198元/台
百信钛金消毒柜	百信	SGD—100A1钛金	1800元/台
百信消毒柜	百信	SGD—105	2180元/台
德意消毒柜	德意	608	1000元/台
老板消毒柜	老板	ZTD95A—105A	2266元/台
老板消毒柜	老板	QX—90LA(T)	2866元/台

续表

产品名称	品牌	规格型号	参考价格
老板消毒柜	老板	QX—115LA	3356元/台
老板消毒柜	老板	ZTD95B—105C	3666元/台
普田消毒柜	普田	ZGD70H	1266元/台
普田消毒柜	普田	ZTD75E	1888元/台
雅佳嵌入式消毒柜	雅佳	ZQD90—YJ01	1833元/台
雅佳嵌入式消毒柜	雅佳	ZQD90—YJ02	2055元/台
雅佳嵌入式消毒柜	雅佳	ZQD90—ZJ02	2766元/台

* 61. 浴霸的价格比较

产品名称	品牌	规格型号	参考价格
飞雕浴霸	飞雕	NS12AM	385元/台
飞雕浴霸	飞雕	NS12BM	438元/台
飞雕速暖三和一	飞雕	NS12AK	528元/台
飞雕自然风系列速暖三合一浴霸	飞雕	NS12BK	618元/台
飞雕浴霸	飞雕	HG23T42	688元/台
飞雕壁挂式三合一浴霸	飞雕	HG20CG	435元/台
飞雕超薄型三合一浴霸	飞雕	FG12BP+	516元/台
奥普三合一浴霸	奥普	FDP810A	928元/台
奥普浴霸	奥普	FDP511B双银	688元/台
奥普浴霸	奥普	FDP411L	439元/台
奥普浴霸	奥普	FDP611D	739元/台
奥普浴霸	奥普	FDP611BG	788元/台

续表

产品名称	品牌	规格型号	参考价格
奥普浴霸	奥普	A735BM	499元/台
奥普浴霸	奥普	A716C	599元/台
名族梦蝶二合一浴霸	名族	S533	299元/台
名族三合一浴霸	名族	DHCC3-6J	666元/台
名族壁挂式灯暖浴霸	名族	DBA1B	278元/台
名族壁挂式灯暖浴霸	名族	ZBD7B	398元/台
名族强排三合一浴霸	名族	DJC3-6E	399元/台
名族新雅致三合一浴霸	名族	DTE1-4A4	268元/台

* 62. 热水器的价格比较

产品名称	品牌	规格型号	参考价格
阿里斯顿燃气热水器	阿里斯顿	JSQ17-D2	1999元/台
阿里斯顿燃气热水器	阿里斯顿	JSQ21-D2	2099元/台
阿里斯顿燃气热水器	阿里斯顿	JSQ32-H7	3699元/台
万家乐强排热水器	万家乐	JSQ14-7L5(Y.T)	998元/台
万家乐强排热水器	万家乐	JSQ14-8L5(Y.T)	1266元/台
万家乐动显强鼓热水器	万家乐	JSQ20-2003CY.T	2166元/台
A.O.smith燃气热水器	A.O.smith	JSDQ12-B	2250元/台
A.O.smith燃气热水器	A.O.smith	JSQ33-D	3455元/台
A.O.smith燃气热水器	A.O.smith	JSQ22-D	2699元/台
A.O.smith电热水器	A.O.smith	EWH-80D	2488元/台
A.O.smith电热水器	A.O.smith	EWH-100D+	3388元/台

续表

产品名称	品牌	规格型号	参考价格
A.O.smith电热水器	A.O.smith	CEWHR—60PE	1888元/台
A.O.smith电热水器	A.O.smith	CEWH—80PEZ+	2099元/台
阿里斯顿电热水器	阿里斯顿	AM50SH—M	1299元/台
阿里斯顿电热水器	阿里斯顿	AH50SH2.5Ai3	2699元/台
阿里斯顿电热水器	阿里斯顿	AH85H2.5Ai3	3099元/台
海尔电热水器	海尔	JTHQB80—Ⅲ(E)	1366元/台
海尔电热水器	海尔	JTHI80—Ⅲ(E)	1688元/台
海尔电热水器	海尔	JTHML100—Ⅲ(E)	2050元/台
海尔电热水器	海尔	JTHMG100—Ⅲ+E	2399元/台
清华阳光太阳热水器	清华阳光	JT—175	6180元/台
皇明太阳能热水器	皇明	18TT21—50	6299元/台

六、成本计算之
装修价格参考

* 1. 吊顶施工价格成本

编号	工程项目	单位	单价（元）	其中					备注
				主材（元）	辅材（元）	机械（元）	人工（元）	损耗（元）	
1	方块铝扣板吊顶	m²	96	55	16.2	2	20	2.8	平板式或微孔板，钢龙骨、木龙骨安装，换气扇、灯座木框制安
2	长条铝扣板吊顶	m²	99.2	58	16.2	2	20	3	平板式或微孔板，钢龙骨、木龙骨安装，换气扇、灯座木框制安
3	彩色长条铝扣板吊顶	m²	125.8	80	16.8	2	23	4	平板扣板，钢龙骨、木龙骨安装，换气扇、灯座木框制安
4	铝豪华型阴角线	m	12.5	8	0.2	0.3	3	1	铝质带三角形阴角线，打洞用木榫
5	铝常规型阴角线	m	9	5	0.2	0.3	3	0.5	铝质角尺形阴角线，打洞用木榫

续表

编号	工程项目	单位	单价（元）	其中					备注
				主材（元）	辅材（元）	机械（元）	人工（元）	损耗（元）	
6	PVC豪华型阴角线	m	8.3	4	0.2	0.3	3	0.8	PVC豪华型阴角线，打洞用木榫，地垅钉安装
7	PVC常规型阴角线	m	5.2	2	0.2	0.3	2.2	0.5	PVC普通型阴角线，打洞用木榫，地垅钉安装
8	铝塑板吊顶	m²	120.3	47	36.4	4.5	30	2.4	铝塑板饰面，九厘板、木龙骨基层，开灯孔或灯座制安
9	PVC扣板平顶	m²	56.00	20.0	15.0	2.0	18.0	1.0	PVC空腹板，木龙骨安装，换气扇、灯座木框制安
10	饰面板饰面平顶	m²	97	51.6	15.4	3	25	2.	饰面板饰面，五厘板、木龙骨基层，开灯孔或灯座木框制安
11	石膏板平板平顶	m²	58.3	13.5	18.5	2	22.3	2	石膏板饰面，木龙骨基层，开灯孔或灯座木框制安
12	石膏板一级平顶	m²	64.5	14.3	19.6	2	25.8	2.8	石膏板饰面，木龙骨基层，开灯孔或灯座木框制安

续表

编号	工程项目	单位	单价（元）	其中					备注
				主材（元）	辅材（元）	机械（元）	人工（元）	损耗（元）	
13	石膏板二级平顶	m²	66.5	14.5	20.4	2.1	26.5	3	石膏板饰面，木龙骨基层，开灯孔或灯座木框制安
14	石膏板曲形平顶	m²	78.8	20.8	21.5	2.5	30.5	3.5	石膏板、五夹板饰面，木龙骨基层，开灯孔或灯座木框制安
15	石膏板混合造型平顶	m²	85.3	21.8	21.5	4	35	3	石膏板、胶合板饰面，木龙骨基层，开灯孔或灯座木框制安
16	灯光片/石膏板混合吊平顶	m²	109.1	43.2	28.9	4	30	3	灯光片、石膏板饰面，木龙骨基层，开灯孔或灯座木框制安
17	圆弧形灯光片/石膏板混合吊顶	m²	122.5	46.3	34.2	4	35	3	灯光片、石膏板饰面，木龙骨基层，开灯孔或灯座木框制安
18	灯箱片/石膏板混合平顶	m²	132.8	55.7	35.1	4	35	3	灯箱片、石膏板饰面，木龙骨基层，开灯孔或灯座木框制安

编号	工程项目	单位	单价（元）	其中					备注
				主材（元）	辅材（元）	机械（元）	人工（元）	损耗（元）	
19	圆弧形灯箱片/石膏板混合吊顶	m²	142.4	56.8	38.6	4	40	3	灯箱片、石膏板饰面，木龙骨基层，开灯孔或灯座木框制安
20	杉木档葡萄架平顶	m²	57.8	14.4	2.5	2	38	0.9	杉木档制作，间隔网150mm×200mm内
21	拱形木基层平顶	m²	145.5	56.7	40	4	40	4.8	饰面板饰面，五厘板、木龙骨基层，开灯孔或灯座木框制安
22	穹形木基层平顶	m²	247.8	80.5	40.3	12	110	5	饰面板饰面，五厘板、木龙骨基层，开灯孔或灯座木框制安
23	饰面板饰面梁/小梁制安	m	62.1	35.2	6.8	3	15	2.1	饰面板饰面，木工板或木档料基层，开灯孔。梁截面积按120mm×150mm计
24	无饰面斜小梁制安	m	37.1	19.9	4.9	2	9	1.3	涂料刷白，木工板或木档料基层，开灯孔。梁截面积按120mm×150mm计

续表

编号	工程项目	单位	单价(元)	其中					备注
				主材(元)	辅材(元)	机械(元)	人工(元)	损耗(元)	
25	石膏阴角直线	m	8.8	5.3	1.5	0.2	1.3	0.5	广东产石膏线,专用胶粉粘贴
26	木工板阴角直线	m	12.2	5.9	0.3	1.5	4	0.5	木工板平板线,打洞用木榫,宽80~100mm
27	榉木阴角直线	m	20.4	12.6	0.3	1.5	5	1	榉木阴角板线,打洞用木榫,宽80~100
28	涂装阴角直线	m	21.8	13.7	0.3	1.5	5	1.3	涂装阴角板线,打洞用木榫,宽80~100mm
29	白木阴角直线	m	18	10.5	0.3	1.5	5	0.7	白木阴角板线,打洞用木榫,宽80~100mm

注:①面层在同一标高者为平板,中间有凹凸或四周一圈者为一级,标高在二个以上者为二级;曲形、混合造型不分级别;

②圆弧型阴角线现场制作,主材单价乘2,外加工定制主材单价乘5。

* 2. 铺地板施工价格成本

编号	工程项目	单位	单价(元)	其中					备注
				主材(元)	辅材(元)	机械(元)	人工(元)	损耗(元)	
1	强化地板	m²	100	100					主材价格按购价计价,损耗按实计算

续表

编号	工程项目	单位	单价（元）	其中					备注
				主材（元）	辅材（元）	机械（元）	人工（元）	损耗（元）	
2	木地板	m²	150	150					主材价格按购价计价，损耗按实计算
3	地面上地垄铺设	m²	40	9.3	3	3	24	0.7	30mm×50mm的松木地垄，间距为≤250mm，含地板安装
4	150以下地台/地垄铺设	m²	58.5	22.4	4	4	27	1.1	30mm×50mm的松木地垄，间距为≤250mm，含地板安装
5	160～300地台/地垄铺设	m²	79.6	37.8	5	5	30	1.8	30mm×5mm0的松木地垄，间距为≤250mm，含地板安装
6	地垄上增铺十二厘板	m²	26.8	20	1.8	1	3	1	木地垄上增铺十二厘多层板
7	地垄上增铺细木工板	m²	34.6	25	2.1	1.5	4	2	木地垄上增铺约18mm厚杨木芯木工板
8	接口铜条收边	m	25.5	14	5	0.5	5	1	地板与地砖交接处角尺型铜条，地板间同平面T型铜条安装

＊ 3. 铺地砖施工价格成本

编号	工程项目	单位	单价（元）	其中					备注
				主材（元）	辅材（元）	机械（元）	人工（元）	损耗（元）	
1	地面防漏处理	m²	25.8	11.3	8	0.5	5	1	水泥砂浆修补，防水涂料刷二遍
2	水泥地面找平	m²	19.9	6.4	8.8	0.2	4	0.5	综合价。厚度在30mm内，不作调整
3	细石砼地面找平	m²	36.8	10.2	17.4	2	6	1.2	综合价。厚度在60mm内，不作调整
4	铺地砖300以内	m²	79.30	45.0	14.0	2.0	16.0	2.3	主材价格按购价计价，损耗按实计算
5	地面铺拼格或花格地砖	m²	85.3	45	16.2	2.5	18	3.6	主材价格按购价计价，损耗按实计算
6	地面铺大理石	m²	168.5	120	18.5	4	20	6	主材价格按购价计价，损耗按实计算
7	大理石单独镶边	m²	181	120	20.4	6	25	9.6	主材价格按购价计价，损耗按实计算
8	玄关拼花整块铺贴	m²	424.1	330	22.6	5	50	16.5	主材价格按购价计价，损耗按实计算

续表

编号	工程项目	单位	单价（元）	其中					备注
				主材（元）	辅材（元）	机械（元）	人工（元）	损耗（元）	
9	玄关拼花零块铺贴	m²	435.1	330	22.6	6	60	16.5	主材价格按购价计价，损耗按实计算
10	地面铺广场砖	m²	141.5	80	20.5	2	35	4	100mm×100mm广场砖铺贴、勾缝、净面
11	地面铺碎花岗石	m²	95	50	20.5	2	20	2.5	零碎花岗石铺贴、勾缝、净面
12	铺鹅卵石	m²	97.5	36	20.7	1.2	38	1.6	鹅卵石铺排、净面、保养

* 4．护墙、背景框、钢丝网、腰线、踢脚施工价格成本

编号	工程项目	单位	单价（元）	其中					备注
				主材（元）	辅材（元）	机械（元）	人工（元）	损耗（元）	
1	平面留缝平板护墙	m²	86.5	30.9	31.6	1	20	3	饰面板饰面，留缝，九厘板基层，压顶线收边
2	平面留缝拼花护墙	m²	98.8	37.2	31.6	1	25	4	饰面板拼花饰面，九厘板基层，压顶线收边
3	凹凸造型方正护墙	m²	110.4	31	42.4	2	30	5	饰面板饰面，凹凸钉线条，九厘板基层，压顶线收边

续表

编号	工程项目	单位	单价（元）	其中					备注
				主材（元）	辅材（元）	机械（元）	人工（元）	损耗（元）	
4	凹凸造型斜立面护墙	m²	129.8	37.5	49.3	2	35	6	饰面板饰面，凹凸钉线条，九厘板基层，压顶线收边
5	石膏板/木龙骨墙面背景	m²	51.5	11.5	16.6	2	20	1.4	石膏板饰面，杉木档基层，实木收边，背景厚10～80mm
6	榉木饰面/木基层墙面背景	m²	112	35.9	44.1	2	26	4	饰面板饰面，九厘板(杉木档)基层，实木收边，背景厚10～80mm
7	榉木拼花木基层墙面背景	m²	123.7	41.3	44.1	2	32	4.3	饰面板拼花饰面，九厘板(杉木档)基层，实木收边，背景厚10～80mm
8	方形电视造型背景	m²	176.5	51.4	60.5	4	55	5.6	饰面板饰面，九厘板、木工板基层，实木收边，背景厚100～300mm
9	圆拱形电视造型背景	m²	206.7	57.5	67	6	70	6.2	饰面板饰面，九厘板、木工板基层，实木收边，背景厚100～300mm
10	墙背景边框	m	41.5	11.5	18.5	2	8	1.5	饰面板饰面，木工板或九厘板基层

续表

编号	工程项目	单位	单价（元）	其中					备注
				主材（元）	辅材（元）	机械（元）	人工（元）	损耗（元）	
11	墙面上工艺木隔板	m²	69.9	23.3	30.8	1.2	13	1.6	饰面板饰面，木工板基层，实木收边
12	玻璃木隔断	m²	148.1	24.4	78.5	2	38	5.2	饰面板饰面，杉木档钉实木线，不含玻璃
13	艺术型木隔断	m²	165		100	3	60	2	饰面板饰面，杉木档钉实木线，不含玻璃(辅材实计50～200mm)
14	玻璃砖隔断	m²	519.7	420	51.5	4	39	5.2	木工板（杉木档）框，玻璃规格190mm×190mm×80mm
15	圆弧饰面木隔断	m²	190.1	100.8	26	5	52	6.3	饰面板饰面，杉木档、木工板、五厘板基层
16	圆弧无饰面木隔断	m²	107.4	32.6	21.8	4	46	3	涂料刷白，杉木档、木工板、五厘板基层
17	单面石膏板隔断	m²	47.10	13.5	10.9	1.2	20.0	1.5	石膏板饰面，木档料或其他木基层做衬底
18	双面石膏板隔断	m²	80.8	27	21.8	3	25	4	石膏板饰面，木档料做龙骨架

续表

编号	工程项目	单位	单价（元）	其中					备注
				主材（元）	辅材（元）	机械（元）	人工（元）	损耗（元）	
19	方柱面装饰	m	214.6	38.1	127.2	3	38	8.3	饰面板饰面，木工板或九厘板基层，实木线收边
20	圆柱面装饰	m	137.5	38.8	45.5	4	45	4.2	饰面板饰面，杉木档、胶合板基层
21	柜后钉钢丝网	m²	25.1	16.1	2	1	5	1	固定柜子，钉隔离条，钉钢丝网
22	榉木饰面腰线制安	m	21.5	7.1	6.4	2	5	1	饰面板饰面，木工板基层
23	榉木饰面踢脚线	m	16.6	4.6	5.5	1	5	0.5	饰面板饰面，九厘板基层，实木阴角线收边

＊ 5. 砌砖、防潮、抹灰、贴墙面砖施工价格成本

编号	工程项目	单位	单价（元）	其中					备注
				主材（元）	辅材（元）	机械（元）	人工（元）	损耗（元）	
1	砌1/4砖墙	m²	28.2	13	4.2	0.1	10	0.9	75号机砖，水泥砂浆砌筑
2	砌1/2砖墙	m²	51.1	24.1	10.1	0.2	15	1.7	75号机砖，水泥砂浆砌筑
3	砌1砖墙	m²	93.6	46.1	21.7	0.4	22	3.4	75号机砖，水泥砂浆砌筑

续表

编号	工程项目	单位	单价（元）	其中					备注
				主材（元）	辅材（元）	机械（元）	人工（元）	损耗（元）	
4	砌轻型砖隔墙	m²	60.6	32.7	10.3	0.4	15	2.2	加气块或多孔砖，水泥砂浆砌筑
5	墙壁防潮处理	m²	32.9	16.2	8.2	2	6	0.5	水泥砂浆修补，刷防水涂料二遍
6	墙面抹灰	m²	20.2	8.4	5.6	0.1	6	0.1	水泥砂浆抹砖墙
7	钢丝网面抹灰	m²	28.7	12.2	8.1	0.2	8	0.2	水泥砂浆抹钢丝网墙
8	零星修补综合	m²	2.2	1	0.5	0.1	0.5	0.1	水泥砂浆修补，按房屋建筑面积计算
9	补线/管槽	m	2.9	1	0.5	0.1	1.2	0.1	水泥砂浆修补，按水电造价的2%折米计算
10	包上/下水管道	根	74.8	30.6	10.2	2	30	2	水泥砂浆或木工板包管柱
11	墙面贴墙面砖	m²	81.3	45	14	2	18	2.3	主材价格按购价计价，损耗按实计算
12	墙面贴拼花面砖	m²	83.8	45	14.5	2	20	2.3	主材价格按购价计价，损耗按实计算

续表

编号	工程项目	单位	单价（元）	其中					备注
				主材（元）	辅材（元）	机械（元）	人工（元）	损耗（元）	
13	墙面贴大理石	m²	185.6	120	23.6	6	30	6	主材价格按购价计价，损耗按实计算
14	墙面贴文化石（类型块石）	m²	158.8	100	20.8	3	30	5	主材价格按购价计价，损耗按实计算
15	墙面贴条砖	m²	84	30	20.5	2	30	1.5	主材价格按购价计价，损耗按实计算

＊ 6. 新做衣柜、顶(吊)柜施工价格成本

编号	工程项目	单位	单价（元）	其中					备注
				主材（元）	辅材（元）	机械（元）	人工（元）	损耗（元）	
1	五斗单排屉衣柜	只	338.8	193.2	18.1	2	115	10.5	饰面板饰面，木工板立架，抽屉墙板杉木板，实木封边
2	四门单排屉衣柜	只	335.7	195.3	18	2	110	10.4	饰面板饰面，木工板立架，抽屉墙板杉木板，实木封边
3	四门四屉带圆角	m²	374.7	214.2	21.2	2.5	125	11.8	饰面板饰面，木工板立架，抽屉墙板杉木板，实木封边

续表

编号	工程项目	单位	单价（元）	其中					备注
				主材（元）	辅材（元）	机械（元）	人工（元）	损耗（元）	
4	无屉无门无饰面走入式衣柜	只	213.3	139	11.3	1.5	54	7.5	木工板立架，无抽屉，五厘板封后背
5	无屉无门内饰面走入式衣柜	只	388.8	252.3	29.4	3	90	14.1	内饰面板饰面，木工板立架，无抽屉，五厘板封后背
6	单排屉无门内饰面走入式衣柜	只	423.2	266.1	29.4	3	110	14.7	内饰面板饰面，木工板立架，抽屉墙板杉木板
7	平板开门顶(吊)柜	只	406.4	227.3	24.5	2	140	12.6	饰面板饰面，木工板立架，五厘板封后背，实木封边

* 7. 新做电视柜、低(矮)柜、阳台柜施工价格成本

编号	工程项目	单位	单价（元）	其中					备注
				主材（元）	辅材（元）	机械（元）	人工（元）	损耗（元）	
1	客厅直式单排屉电视柜	只	269.6	163.4	11.4	1	85	8.8	饰面板饰面，木工板立架，抽屉墙板杉木板，实木封边
2	客厅弧型单排电视柜	只	399.5	243.2	16.3	2	125	13	饰面板饰面，木工板立架，抽屉墙板杉木板，实木封边
3	客厅直式双排屉电视柜	只	424.6	247.8	21.3	2	140	13.5	饰面板饰面，木工板立架，抽屉墙板杉木板，实木封边

续表

编号	工程项目	单位	单价（元）	其中					备注
				主材（元）	辅材（元）	机械（元）	人工（元）	损耗（元）	
4	客厅弧型双排屉电视柜	只	533.7	308.9	24.2	4	180	16.6	饰面板饰面，木工板立架，抽屉墙板杉木板，实木封边
5	客厅台阶式带二屉电视柜	只	196.4	107.6	10.9	2	70	5.9	饰面板饰面，木工板立架，抽屉墙板杉木板，实木封边
6	客厅台阶式带四屉电视柜	只	273.3	156.3	14.5	4	90	8.5	饰面板饰面，木工板立架，抽屉墙板杉木板，实木封边
7	直式全敞开无屉电视矮柜高500mm内	m²	362.8	217.9	25.8	2	105	12.1	饰面板饰面，木工板立架，五厘板衬后背，实木封边
8	直式四门二屉电视矮柜高500mm内	m²	362	174.6	14.9	3	160	9.5	饰面板饰面，木工板立架，抽屉墙板杉木板，实木封边
9	直式二门二空斗电视矮柜高600mm内	m²	422.6	231.7	21.3	2	155	12.6	饰面板饰面，木工板立架，五厘板衬后背，实木封边
10	直式二门三屉电视矮柜高600mm内	m²	447.8	233.9	18.7	2.5	180	12.7	饰面板饰面，木工板立架，抽屉墙板杉木板，实木封边

续表

编号	工程项目	单位	单价（元）	其中					备注
				主材（元）	辅材（元）	机械（元）	人工（元）	损耗（元）	
11	弧型二门三屉电视矮柜高600mm内	m²	609.4	335.5	26.2	4.5	225	18.2	饰面板饰面，木工板立架，抽屉墙板杉木板，实木封边
12	半圆型敞开式电视矮柜高600mm内	m²	458.3	234.1	23.4	3	185	12.8	饰面板饰面，木工板立架，五厘板衬后背，实木封边
13	1/4圆型胶板门低柜高700mm内	只	595.2	329.4	32.7	5	210	18.1	饰面板饰面，木工板立架，五厘板衬后背，实木封边
14	平开门无屉直式常规低柜高800mm内	m²	409.2	247.1	20.2	2.5	126	13.4	饰面板饰面，木工板立架，五厘板衬后背，实木封边
15	平板门单排屉直式常规低柜高800mm内	只	51.9	303	26.4	3	170	16.5	饰面板饰面，木工板立架，抽屉墙板杉木板，实木封边
16	平板门无屉直式阳台低柜高900mm内	m²	318.9	166	16.8	2	125	9.1	饰面板饰面，木工板立架，五厘板衬后背，实木封边

续表

编号	工程项目	单位	单价（元）	其中					备注
				主材（元）	辅材（元）	机械（元）	人工（元）	损耗（元）	
17	平板门单排屉直式阳台低柜高900mm内	m²	391.6	187	16.5	3	175	10.1	饰面板饰面，木工板立架，抽屉墙板杉木板，实木封边

* 8. 新做装饰柜施工价格成本

编号	工程项目	单位	单价（元）	其中					备注
				主材（元）	辅材（元）	机械（元）	人工（元）	损耗（元）	
1	电视背景旁独立装饰柜	只	334	174.9	21.8	2.5	125	9.8	饰面板饰面，木工板立架，无抽斗，实木封边，不含玻璃
2	全敞开式装饰柜	只	470.8	267.2	26.9	2	160	14.7	饰面板饰面，木工板立架，无抽斗，实木封边，不含玻璃
3	半敞开式装饰柜	只	334	192.9	18	2.5	110	10.6	饰面板饰面，木工板立架，无抽斗，实木封边，不含玻璃
4	上无框玻门下平板门装饰柜	只	339.4	196.7	19.9	2	110	10.8	饰面板饰面，木工板立架，无抽斗，实木封边，不含玻璃

续表

编号	工程项目	单位	单价（元）	其　　中					备注
				主材（元）	辅材（元）	机械（元）	人工（元）	损耗（元）	
5	上木框玻门下平板门装饰柜	只	358.3	203	16.8	2.5	125	11	饰面板饰面，木工板立架，无抽斗，实木封边，不含玻璃
6	上木框玻门下翻板门装饰柜	只	389.5	229.3	20.2	2.5	125	12.5	饰面板饰面，木工板立架，无抽斗，实木封边，不含玻璃
7	1/4圆形上敞开下胶板门装饰柜	只	772.2	424.5	39.5	5	280	23.2	饰面板饰面，木工板立架，无抽斗，实木封边，不含玻璃

* 9. 新做写字台、梳妆台施工价格成本

编号	工程项目	单位	单价（元）	其　　中					备注
				主材（元）	辅材（元）	机械（元）	人工（元）	损耗（元）	
1	六屉一柜写字台	个	429.1	212.3	21.6	3.5	180	11.7	饰面板饰面，木工板立架，抽屉墙板杉木板，实木封边
2	三屉一柜一门写字台	个	492.5	285.7	23.3	3	165	15.5	饰面板饰面，木工板立架，抽屉墙板杉木板，实木封边
3	三屉单门写字台	个	334.2	169.2	13.8	2	140	9.2	饰面板饰面，木工板立架，抽屉墙板杉木板，实木封边

续表

编号	工程项目	单位	单价（元）	其 中					备注
				主材（元）	辅材（元）	机械（元）	人工（元）	损耗（元）	
4	三屉支撑式写字台	个	309.7	188.1	14.5	2	95	10.1	饰面板饰面，木工板立架，抽屉墙板杉木板，实木封边
5	一屉一柜一门写字台	个	286	149.2	16.5	2	110	8.3	饰面板饰面，木工板立架，抽屉墙板杉木板，实木封边
6	立柜带转角写字台	个	440.4	281.1	16.4	3	125	14.9	饰面板饰面，木工板立架，抽屉墙板杉木板，实木封边
7	直式悬挂二屉梳妆台	个	219.5	101.5	9.5	3	100	5.5	饰面板饰面，木工板立架，抽屉墙板杉木板，实木封边
8	弧形悬挂二屉梳妆台	个	378.1	182.7	11.4	5	170	9	饰面板饰面，木工板立架，抽屉墙板杉木板，实木封边
9	立式单屉梳妆台	个	254.1	115.1	9.8	3	120	6.2	饰面板饰面，木工板立架，抽屉墙板杉木板，实木封边
10	立式双屉梳妆台	个	335.4	142.1	11.6	4	170	7.7	饰面板饰面，木工板立架，抽屉墙板杉木板，实木封边

* 10. 新做书柜、壁柜、博古架施工价格成本

编号	工程项目	单位	单价（元）	其 中					备注
				主材（元）	辅材（元）	机械（元）	人工（元）	损耗（元）	
1	上敞开下平板门书柜	只	327.5	183.8	20.5	3	110	10.2	饰面板饰面，木工板立架，无抽屉，实木封边，不含玻璃
2	上无框玻门下平板门书柜	只	342.8	188.5	20.4	3.5	120	10.4	饰面板饰面，木工板立架，无抽屉，实木封边，不含玻璃
3	上木框玻门下平板门书柜	只	396.4	230.4	19.5	4	130	12.5	饰面板饰面，木工板立架，无抽屉，实木封边，不含玻璃
4	半敞开平板门单排屉书柜	只	355.4	192.3	23.3	4	125	10.8	饰面板饰面，木工板立架，抽屉墙板杉木板，不含玻璃
5	半敞开木框玻门三排屉书柜	只	436.9	221.8	22.9	5	175	12.2	饰面板饰面，木工板立架，抽屉墙板杉木板，不含玻璃
6	木框玻门四排屉书柜	只	398.5	178.4	14.4	6	190	9.7	饰面板饰面，木工板立架，抽屉墙板杉木板，不含玻璃
7	木框玻门饰面搁板书柜	只	520.1	327.8	29.4	5	140	17.9	饰面板饰面，木工板立架，无抽屉，实木封边，不含玻璃

续表

编号	工程项目	单位	单价（元）	其　中					备注
				主材（元）	辅材（元）	机械（元）	人工（元）	损耗（元）	
8	木框玻门玻璃搁板书柜	只	332	199.8	18.3	3	100	10.9	饰面板饰面，木工板立架，五厘板封后背，无抽屉，实木封边
9	上敞开下平板门壁柜	只	317.1	170.8	14	3	120	9.3	饰面板饰面，木工板立架，无抽屉，实木封边，不含玻璃
10	上无框玻门下平板门壁柜	只	327.9	176.1	13.8	3.5	125	9.5	饰面板饰面，木工板立架，无抽屉，实木封边，不含玻璃
11	上木框玻门下平板门壁柜	只	408.4	235.7	16.1	4	140	12.6	饰面板饰面，木工板立架，无抽屉，实木封边，不含玻璃
12	上下全平板门壁柜	只	283	135.5	11.2	4	125	7.3	饰面板饰面，木工板立架，无厘板封后背，无抽屉，实木封边
13	全敞开吊书柜	只	473.6	297.5	29.7	5	125	16.4	饰面板饰面，木工板立架，无厘板封后背，无抽屉，实木封边
14	半敞开木框玻门吊书柜	只	487.9	297.4	28.2	6	140	16.3	饰面板饰面，木工板立架，无厘板封后背，无抽屉，实木封边

续表

编号	工程项目	单位	单价（元）	其中					备注
				主材（元）	辅材（元）	机械（元）	人工（元）	损耗（元）	
15	全木框玻门吊书柜	只	411.2	217.3	25.7	6	150	12.2	饰面板饰面，木工板立架，无厘板封后背，无抽屉，实木封边
16	半敞开下平板门博古架	m²	381.1	198.8	24.6	6.5	140	11.2	饰面板饰面，木工板立架，无厘板封后背，无抽屉，实木封边
17	全敞开式博古架	个	479.6	254.3	24.4	7	180	13.9	饰面板饰面，木工板立架，无厘板封后背，无抽屉，实木封边

＊ 11. 新做酒柜、吧台施工价格成本

编号	工程项目	单位	单价（元）	其中					备注
				主材（元）	辅材（元）	机械（元）	人工（元）	损耗（元）	
1	上敞开下平板门酒柜	只	274	140	14.3	2	110	7.7	饰面板饰面，木工板立架，无抽屉，实木封边，不含玻璃
2	上无框玻门下平板门酒柜	只	349.1	197.2	18.5	2.6	120	10.8	饰面板饰面，木工板立架，无抽屉，实木封边，不含玻璃

编号	工程项目	单位	单价（元）	其中					备注
				主材（元）	辅材（元）	机械（元）	人工（元）	损耗（元）	
3	上木框玻门下平板门酒柜	只	392.2	226.3	20.5	3	130	12.4	饰面板饰面，木工板立架，无抽屉，实木封边，不含玻璃
4	平板木框混合双排屉酒柜	只	386.9	194.2	19	3	160	10.7	饰面板饰面，木工板立架，抽屉墙板杉木板，不含玻璃
5	直方正低柜吧台	只	469.9	286.5	24.8	3	140	15.6	饰面板饰面，木工板立架，五厘板封后背，无抽屉，实木封边
6	子弹头低柜吧台	只	533.9	303.5	28.8	5	180	16.6	饰面板饰面，木工板立架，五厘板封后背，无抽屉，实木封边
7	圆弧形低柜吧台	只	724.4	424.3	88.5	6	180	25.6	饰面板饰面，木工板立架，五厘板封后背，无抽屉，实木封边

＊ 12．新做鞋柜施工价格成本

编号	工程项目	单位	单价（元）	其中					备注
				主材（元）	辅材（元）	机械（元）	人工（元）	损耗（元）	
1	平板门平开鞋柜	只	334.5	195	16.9	2	110	10.6	饰面板饰面，木工板立架，五厘板封后背，无抽斗，实木封边

续表

编号	工程项目	单位	单价（元）	其中					备注
				主材（元）	辅材（元）	机械（元）	人工（元）	损耗（元）	
2	百页门平开鞋柜	只	496.1	308.8	18	3	150	16.3	饰面板饰面，木工板立架，五厘板封后背，无抽斗，实木封边
3	平板翻板鞋柜	只	479.2	270.6	21.6	2.4	170	14.6	饰面板饰面，木工板立架，五厘板封后背，无抽斗，实木封边
4	百页翻转鞋柜	只	604.2	322.4	49.2	4	210	18.6	饰面板饰面，木工板立架，五厘板封后背，无抽斗，实木封边
5	百页门单排屉鞋柜	只	512.6	284.	20.1	3.2	190	15.3	饰面板饰面，木工板立架，抽屉墙板杉木板，实木封边
6	平板门装饰式鞋柜	只	314.5	144.1	47.8	3	110	9.6	饰面板饰面，木工板立架，五厘板封后背，无抽斗，实木封边
7	上平板门下百页门鞋柜	只	379.8	201.1	9.7	3.4	155	10.6	饰面板饰面，木工板立架，五厘板封后背，无抽斗，实木封边

＊ 13．新做卫生间底柜、洁品柜施工价格成本

编号	工程项目	单位	单价（元）	其中					备注
				主材（元）	辅材（元）	机械（元）	人工（元）	损耗（元）	
1	直式平板门二屉卫生间底柜	只	295.4	160	14.2	2.5	110	8.7	饰面板饰面，木工板立架，抽屉墙板杉木板，实木封边
2	直式平板门卫生间底柜	只	334.8	196.9	15.3	2	110	10.6	饰面板饰面，木工板立架，五厘板封后背，无抽屉，实木封边
3	弧型平板门卫生间底柜	只	444.	234.7	18.6	4	170	16.7	饰面板饰面，木工板立架，五厘板封后背，无抽屉，实木封边
4	直式百页门卫生间底柜	只	462.3	261.5	14	3	170	13.8	饰面板饰面，木工板立架，五厘板封后背，无抽屉，实木封边
5	弧型带百页卫生间底柜	只	534.6	288.1	16.3	5	210	15.2	饰面板饰面，木工板立架，五厘板封后背，无抽屉，实木封边
6	敞开式卫生间洁品柜	只	269.7	91.8	29.3	2.5	140	6.1	饰面板饰面，木工板立架，五厘板封后背，无抽屉，实木封边
7	平板门卫生间洁品柜	只	346.2	135.3	20.6	2.5	180	7.8	饰面板饰面，木工板立架，五厘板封后背，无抽屉，实木封边

续表

编号	工程项目	单位	单价（元）	其 中					备注
				主材（元）	辅材（元）	机械（元）	人工（元）	损耗（元）	
8	百页门卫生间洁品柜	只	511.9	265.7	19.4	2.5	210	14.3	饰面板饰面，木工板立架，五厘板封后背，无抽屉，实木封边

* 14. 新做床、靠背、床头柜施工价格成本

编号	工程项目	单位	单价（元）	其 中					备注
				主材（元）	辅材（元）	机械（元）	人工（元）	损耗（元）	
1	1.0m宽带二屉床架	张	495	329.1	21.4	2	125	17.5	饰面板饰面，木工板立架，抽屉用杉木板，实木封边
2	1.2m宽带二屉床架	张	577.5	385.2	28.6	3	140	20.7	饰面板饰面，木工板立架，抽屉用杉木板，实木封边
3	1.5m宽带二屉床架	张	657.6	430.6	44.2	4	155	23.8	饰面板饰面，木工板立架，抽屉用杉木板，实木封边
4	1.8m宽带二屉床架	张	725.2	490.3	33.7	5	170	26.2	饰面板饰面，木工板立架，抽屉用杉木板，实木封边
5	1.0m宽硬靠背	张	210.5	111.2	6.4	2	85	5.9	饰面板饰面，木工板立架，实木封边

续表

编号	工程项目	单位	单价（元）	其中					备注
				主材（元）	辅材（元）	机械（元）	人工（元）	损耗（元）	
6	1.2m宽硬靠背	张	254	135.7	8.1	3	100	7.2	饰面板饰面，木工板立架，实木封边
7	1.5m宽硬靠背	张	276.1	145.3	9.1	4	110	7.7	饰面板饰面，木工板立架，实木封边
8	1.8m宽硬靠背	张	370.7	214.4	14.8	5	125	11.5	饰面板饰面，木工板立架，实木封边
9	1.0m宽软靠背	张	217.1	117.5	6.4	2	85	6.2	饰面板饰面，木工板立架，实木封边，不含软包
10	1.2m宽软靠背	张	267.9	148.9	8.1	3	100	7.9	饰面板饰面，木工板立架，实木封边，不含软包
11	1.5m宽软靠背	张	297.5	165.6	9.1	4	110	8.8	饰面板饰面，木工板立架，实木封边，不含软包
12	1.8m宽软靠背	张	414.3	250.6	20.1	5	125	13.6	饰面板饰面，木工板立架，实木封边，不含软包
13	单门无屉床头柜	只	164	86.1	6.7	1.5	65	4.7	饰面板饰面，木工板立架，无抽屉，实木封边

续表

编号	工程项目	单位	单价（元）	其中					备注
				主材（元）	辅材（元）	机械（元）	人工（元）	损耗（元）	
14	敞开一屉床头柜	只	243.9	144.1	14.8	2	75	8	饰面板饰面，木工板立架，抽屉用杉木板，实木封边
15	无门二屉床头柜	只	212.8	110.1	9.7	2	85	6	饰面板饰面，木工板立架，无抽屉，实木封边
16	玻璃移门床头柜	只	186.7	91.7	8.1	2	80	4.9	饰面板饰面，木工板立架，无抽屉，实木封边
17	双开平板门床头柜	只	223.6	115.4	9.9	2	90	6.3	饰面板饰面，木工板立架，无抽屉，实木封边

* 15. 门、窗、窗帘盒施工价格成本

编号	工程项目	单位	单价（元）	其中					备注
				主材（元）	辅材（元）	机械（元）	人工（元）	损耗（元）	
1	木制门(窗)框	樘	64.2	28.1	1.8	2.8	30	1.5	50mm×70mm杉木，制作、安装
2	空心平板门无饰面	扇	244.9	156	13.4	2	65	8.5	五夹板，杉木档，实木封边厚8mm
3	空心平板门有饰面	扇	343.1	234.1	13.6	3	80	12.4	饰面板饰面，五夹板，杉木档，实木封边厚8mm

续表

编号	工程项目	单位	单价（元）	其中					备注
				主材（元）	辅材（元）	机械（元）	人工（元）	损耗（元）	
4	空心平板门钉线条	扇	373.3	252.7	13.8	3.5	90	13.3	饰面板饰面，五夹板，杉木档，实木封边厚8mm，钉线条
5	实心平板门无线条	扇	436	300.1	21.8	3	95	16.1	饰面板饰面，双层木工板立架，实木封边厚8mm
6	实心平板门钉线条	扇	502.5	353.2	22	3.5	105	18.8	饰面板饰面，双层木工板立架，实木封边厚8mm，钉线条
7	单面凹凸造型门	扇	490.1	305.9	23.7	4	140	16.5	饰面板饰面，木工板立架，凹凸面，实木封边厚8mm
8	双面凹凸造型门	扇	562.5	334.9	23.7	6	180	17.9	饰面板饰面，木工板立架，凹凸面，实木封边厚8mm
9	单面木格子全玻门	扇	371.7	232.3	9.3	3	115	12.1	饰面板饰面，单面木格子，钉压玻璃线条，不含玻璃
10	双面木格子全玻门	扇	465.8	284.9	12	4	150	14.9	饰面板饰面，双面木格子，钉压玻璃线条，不含玻璃

续表

编号	工程项目	单位	单价（元）	其中					备注
				主材（元）	辅材（元）	机械（元）	人工（元）	损耗（元）	
11	双面木格子半玻门	扇	532.3	323.4	8.3	4	180	16.6	饰面板饰面，双面木格子，钉压玻璃线条，不含玻璃
12	无木格玻璃木框门	扇	267.3	182.4	8.3	2	65	9.6	饰面板饰面，钉压玻璃线条，不含玻璃
13	带百页胶板门	扇	555.9	337.4	10.1	4	185	19.4	饰面板饰面，杉木档，榉木百页条，实木封边厚8mm
14	单面木格子窗	扇	194.5	111.5	5.1	2	70	5.9	饰面板饰面，杉木档，钉压玻璃线条，不含玻璃
15	饰面木框窗	扇	133.3	78.3	4.8	1	45	4.2	饰面板饰面，杉木档，钉压玻璃线条，不含玻璃
16	饰面木框纱窗	扇	137	74.3	6.6	2	50	4.1	饰面板饰面，杉木档，钉压普通纱，实木封边厚8mm
17	百页窗	扇	356.9	247.6	8.6	3	85	12.7	饰面板饰面，杉木档，榉木百页条，实木封边厚8mm

续表

编号	工程项目	单位	单价（元）	其中					备注
				主材（元）	辅材（元）	机械（元）	人工（元）	损耗（元）	
18	明窗帘箱	m	46.8	28.6	3.6	1	12	1.6	木工板立架，实木半圆线封口，外面饰面板
19	暗窗帘箱	m	31	16.5	2.5	1	10	1	木工板立架，实木半圆线封口，无饰面板
20	饰面包旧门	扇	257	164.2	12	2	70	8.8	原旧门基础上，贴榉木饰面板，实木封边厚8mm
21	旧门贴饰面板钉线条	扇	294.2	185.7	12.1	2.5	84	9.9	原旧门基础上，贴榉木饰面板，实木封边厚8mm，钉线条
22	移门每扇增加	扇	24.2	0	4	0.2	20	0	人工、辅料价差
23	移窗每扇增加	扇	10.6	0	3	0.5	7	0.1	人工、辅料价差
24	拼花门每扇增加	扇	42.6	0	5.3	2	35	0.3	人工、辅料价差，不含饰面板价差
25	圆弧平板门第扇增加	扇	132.3	65.1	3.7	4	56	3.5	人工、材料价差，不含饰面板价差

续表

编号	工程项目	单位	单价（元）	其 中					备注
				主材（元）	辅材（元）	机械（元）	人工（元）	损耗（元）	
26	圆弧凹凸门每扇增加	扇	197.8	70.5	7.4	6	110	3.9	人工、材料价差，不含饰面板价差
27	安装门锁	把	16	0	0	1	15	0	人工、机械费

＊ 16．门套、窗套施工价格成本

编号	工程项目	单位	单价（元）	其 中					备注
				主材（元）	辅材（元）	机械（元）	人工（元）	损耗（元）	
1	单线窗套	套	50	33.4	2.7	2.4	10	1.5	饰面板饰面，木工板立架，榉木板线60mm×8mm
2	双线窗套	套	60	37.4	3.5	3	14	2.1	饰面板饰面，木工板立架，九厘板贴墙，榉木阴角压顶线
3	木制饰面窗台	套	55	29.2	2.2	2	20	1.6	饰面板饰面，木工板立架，榉木阴角压顶线
4	单线单面门套	套	70	42.7	5.6	3.2	16	2.5	饰面板饰面，木工板立架，榉木板线外80mm×8mm

续表

编号	工程项目	单位	单价（元）	其中					备注
				主材（元）	辅材（元）	机械（元）	人工（元）	损耗（元）	
5	单面双面门套	套	88	62.6	3.5	2.5	16	3.4	饰面板饰面，木工板立架，榉木板线内60mm×8mm外80mm×8mm
6	单面双线门套	套	82	51.9	3.8	3.5	20	2.8	饰面板饰面，木工板立架，外九厘贴墙，榉木阴角压顶，内板线
7	双面双线门套	套	100	63.7	4.3	4.5	24	3.5	饰面板饰面，木工板立架，九厘板贴墙，榉木阴角压顶
8	阳台大门套	套	103	66.5	4.5	4.5	24	3.5	饰面板饰面，木工板立架，九厘板贴墙，榉木阴角压顶
9	造型门套	套	150	104.2	4.4	6	30	5.4	饰面板饰面，木工板立架，板线60×8(含定制造型段板线)
10	自制窗套线窗套	套	60	22.4	2.3	4	30	1.3	饰面板饰面，木工板立架，密度板自制线条
11	自制门套线门套	套	100	48.4	3.1	6	40	2.5	饰面板饰面，木工板立架，密度板自制线条

﹡ 17．楼梯、扶手栏杆、圆柱施工价格成本

| 编号 | 工程项目 | 单位 | 单价（元） | 其中 | | | | | 备注 |
				主材（元）	辅材（元）	机械（元）	人工（元）	损耗（元）	
1	木楼梯基础制作	m²	280	125.2	20.8	5	120	9	楼梯松木枋80mm×150mm，松板厚20mm，按水平投影面积乘1.15计面积
2	水泥楼梯面上木基础	m²	73.6	41.8	12.8	2	13	4	木工板基层，按展开面积计算
3	木地板铺踢／踏脚板	m²	187.2	150	4.2	2	25	6	铺在基层板上，按展开面积计算
4	榉木饰面踢／踏脚板	m²	51.8	31.6	6.7	1	10	2.5	铺在基层板上，按展开面积计算，不含线条收边
5	铸铁花栏杆	只	161.3	115	8.6	2	30	5.7	铸铁花放样、定位、安装，不含扶手
6	扁铁花栏杆	只	182.4	135	8.6	2	30	6.8	扁铁花放样、定位、安装，不含扶手
7	榉木直扶手	只	78.5	62	6.4	1	6	3.1	50mm×80mm榉木扶手安装，不含栏杆
8	榉木普通弯头	只	171.6	102	4.5	10	50	5.1	一般角尺型，U字型弯头扶手安装

续表

编号	工程项目	单位	单价（元）	其中					备注
				主材（元）	辅材（元）	机械（元）	人工（元）	损耗（元）	
9	弯线扶手	只	336.3	285	2	5	30	14.3	圆弧型楼梯扶手，不含栏杆
10	大立柱	只	277.8	210	15.8	2	40	10	车榉木圆柱φ100～120圆柱安装
11	小立柱	只	36.1	25.6	2	0.2	7	1.3	车榉木圆柱φ50～60圆柱安装
12	不锈钢整体栏杆扶手	只	254.5	160	20.5	6	55	13	不锈钢立柱、扶手安装
13	全铜整体栏杆扶手	只	713	600	27	8	70	8	全铜立柱、扶手安装
14	铁花中档整体栏杆	m	860	730	30	10	80	10	中档全铁花连扶手安装
15	铁花高档整体栏杆	m	1180	1000	40	10	120	10	高档全铁花连扶手安装
16	榉木罗马柱φ180	只	448.5	400	6.5	2	30	10	单独榉木罗马柱（普通型）成套安装（高2.15m内）
17	榉木罗马柱φ180	只	254.5	205	6.5	2	30	11	单独椴木罗马柱（普通型）成套安装（高2.15m内）

续表

编号	工程项目	单位	单价（元）	其中					备注
				主材（元）	辅材（元）	机械（元）	人工（元）	损耗（元）	
18	榉木罗马柱φ180	只	295	260	5	2	15	13	单独石膏罗马柱（普通型）成套安装（高2.15m内）
19	钢架半旋转楼梯	项	8890	4680	675	520	2895	120	以梯宽0.8m计，超过时按此类推
20	钢管栏杆	m	251	180	20	5	30	16	φ50钢管扶手
21	不锈钢绳索栏杆	m	280	203	30	4	23	20	扁铁不锈钢绳索放样、定位、安装，不含扶手

* 18. 装饰玻璃施工价格成本

编号	工程项目	单位	单价（元）	其中					备注
				主材（元）	辅材（元）	机械（元）	人工（元）	损耗（元）	
1	5mm平板玻璃	M2	56.9	32	0.5	8	10	6.4	磨直边2元/米，磨圆边25元/米综合考虑
2	5mm磨砂玻璃	M2	60.5	35	0.5	8	10	7	磨直边2元/米，磨圆边25元/米综合考虑
3	5mm花纹玻璃	m²	72.5	45	0.5	8	10	9	磨直边2元/m，磨圆边25元/m综合考虑

续表

编号	工程项目	单位	单价（元）	其中					备注
				主材（元）	辅材（元）	机械（元）	人工（元）	损耗（元）	
4	8mm平板玻璃	m²	90.5	60	0.5	8	10	12	磨直边2元/m，磨圆边25元/m综合考虑
5	10mm平板玻璃	m²	103	70	1	8	10	14	磨直边2元/m，磨圆边25元/m综合考虑
6	12mm平板玻璃	m²	121	85	1	8	10	17	磨直边2元/m，磨圆边25元/m综合考虑
7	5mm平雕玻璃	m²	117.1	85	2	0.1	20	10	成品安装及保险费，主材价格按实计算
8	8mm深雕玻璃	m²	204.1	165	2	0.1	20	17	成品安装及保险费，主材价格按实计算
9	手工雕刻玻璃	m²	1252.1	1200	2	0.1	20	30	成品安装及保险费，主材价格按实计算
10	20mm真空玻璃	m²	597.1	550	2	0.1	20	25	成品安装及保险费，主材价格按实计算
11	5mm方型银镜	m²	168	90	6	32	30	10	车边6元/m，打洞2元
12	5mm圆曲型银镜	m²	223	90	6	87	30	10	车边6元/m，打洞2元

* 19. 水路施工价格成本

编号	工程项目	单位	单价（元）	其中					备注
				主材（元）	辅材（元）	机械（元）	人工（元）	损耗（元）	
1	水表移位塑钢管连接	只	165.9	40	37	5	80	3.9	世亚塑钢管，丝口连接，开槽、定位
2	一橱一卫塑钢管铺设	套	1355.5	443	429	40	400	43.5	世亚塑钢管，丝口连接，开槽、定位
3	增加一卫塑钢管铺设	间	832.8	246	290	20	250	26.8	世亚塑钢管，丝口连接，开槽、定位
4	内通阳台塑钢管铺设	只	369.4	112	116	25	105	11.4	世亚塑钢管，丝口连接，开槽、定位
5	单独阳台塑钢管铺设	只	226.5	42	88	10	80	6.5	世亚塑钢管，丝口连接，开槽、定位
6	太阳能热水器管道铺设	只	418.3	112	134	30	130	12.3	世亚塑钢管，丝口连接，开槽、定位
7	水表移位PPR管连接	只	133.5	32	14	4	80	3.5	PPR管，开槽、定位
8	一厨一卫PPR管连接	套	1110.5	33	389	30	325	36.5	PPR管，开槽、定位

续表

编号	工程项目	单位	单价（元）	其中					备注
				主材（元）	辅材（元）	机械（元）	人工（元）	损耗（元）	
9	增加一卫PPR管连接	间	698	186.5	277	15	195	24.5	PPR管，开槽、定位
10	内通阳台PPR管连接	只	445.3	156.8	154	20	105	9.5	PPR管，开槽、定位
11	单独阳台PPR管连接	只	199.3	31	75.8	8	80	4.5	PPR管，开槽、定位
12	太阳能热水器PPR管铺设	只	400	82	153	25	130	10	PPR管，开槽、定位
13	坐便器安装	套	62.5	自购	30	1	30	1.5	人工费及辅料费
14	小便池(斗)安装	套	56.2	自购	4	2	50	0.2	人工费及辅料费
15	浴房龙头安装	套	53	自购	20	2	30	1	人工费及辅料费(含淋浴房底座安装)
16	浴缸安装	套	167	自购	40	5	120	2	人工费及辅料费
17	水池(槽、洗脸盆)安装	套	29.4	自购	8	1	20	0.4	人工费及辅料费

注：① 洁具主材、阀门、软管及下水配件(管)均由业主提供；
② 室内给排水主管均不改动，改动时费用另计。

＊ 20．电路施工价格成本

编号	工程项目	单位	单价（元）	其中					备注
				主材（元）	辅材（元）	机械（元）	人工（元）	损耗（元）	
1	配电箱拆换10路	套	585	480	20	4	80	1	配电箱1只，总开及触电保护开关1套，梅兰空开十只
2	每增加一路空开	只	25.7	25	0.2	0	0.5	0	梅兰空开
3	玄关(过道)铺管穿线	项	74.6	21	12	5	36	0.6	中策电线穿PVC管铺设，含插座、开关、照明安装人工费
4	厨房铺管穿线	间	264.6	91	38	10	120	5.6	中策电线穿PVC管铺设，含插座、开关、照明安装人工费
5	卫生间铺管穿线	间	330.5	118	55.	10	140	7.5	中策电线穿PVC管铺设，含插座、开关、照明安装人工费
6	阳台铺管穿线	只	70.7	22	17	5	25	1.7	中策电线穿PVC管铺设，含插座、开关、照明安装人工费
7	客厅铺管穿线	间	352.4	161	68	20	95	8.4	中策电线穿PVC管铺设，含插座、开关、照明安装人工费

续表

编号	工程项目	单位	单价（元）	其中					备注
				主材（元）	辅材（元）	机械（元）	人工（元）	损耗（元）	
8	餐厅铺管穿线	间	288.6	116	60	15	90	7.6	中策电线穿PVC管铺设，含插座、开关、照明安装人工费
9	房间铺管穿线	间	326.4	129	64	20	105	8.4	中策电线穿PVC管铺设，含插座、开关、照明安装人工费
10	书房铺管穿线	间	274.6	112	50	15	90	7.6	中策电线穿PVC管铺设，含插座、开关、照明安装人工费
11	增加平顶嵌铜灯铺管穿线	间	159.2	48	24	5	80	2.2	中策电线穿PVC管铺设，含插座、开关、照明安装人工费
12	厨房卫生间小五金安装	套	86	自购	10	5	70	1	业主购买需安装的全部小五金配件
13	电话、电视、电脑弱电布线	套	928	494	104	10	290	30	双音频电视线，八芯电脑线，穿PVC管铺设
14	音箱线铺设	套	172.2	80	44	2	40	6.2	音箱线穿PVC管铺设，按30m/套计，主材按实补价

续表

编号	工程项目	单位	单价（元）	其　中					备注
				主材（元）	辅材（元）	机械（元）	人工（元）	损耗（元）	
15	豪华型智能布线	套	0	0	0	0	0	0	
16	常规型智能布线	套	2443	980	984	40	390	49	按单层标准布线计算，有二层时除主材箱外增加1.5~2系数
17	经济型智能布线	套	1700	480	823	30	325	42	按单层标准布线计算，有二层时除主材箱外增加1.5~2系数
18	高层建筑水电人工费增加	百元	20	0	0	0	20	0	按水电人工费提升20%计(混凝土墙开槽难度增加系数)
19	强化地板电人工费增加	百元	10	0	0	0	10	0	按水电人工费提升10%计(地面铺管全开槽增加系数)
20	热水管保温人工费增加	百元	60	0	0	0	60	0	按厨卫套计，增套为60元(不含保温材料，需时按实补价)

注：① 插座、开关面板、灯具、热水器、换气扇、浴霸均由业主提供；

② 不包括空调安装；

③ 吊灯价值超800元时，每只增加安装保险费10%。

* 21. 木器漆施工价格成本

编号	工程项目	单位	单价（元）	其中					备注
				主材（元）	辅材（元）	机械（元）	人工（元）	损耗（元）	
1	装饰木材面清漆	m²	34	11.8	3	0	18.2	1	聚脂清漆，刮腻子，修色，三底二面，水磨，打砂蜡
2	木材面每增减一遍清漆	m²	5.1	2.2	0.5	0	2.2	0.2	聚脂清漆，刷面漆一遍
3	木扶手清漆	m	11.9	2.3	2.8	0	6.5	0.3	聚脂清漆，刮腻子，修色，三底二面，水磨，打砂蜡
4	木扶手每增一遍清漆	m	1.6	0.4	0.1	0	1	0.1	聚脂清漆，刷面漆一遍
5	装饰木材面混漆	m²	38.4	15.5	3.2	0	18.7	1	聚氨脂混漆，刮腻子，修色，三底二面，水磨，打砂蜡
6	木材面每增一遍混漆	m²	6	3	0.5	0	2.3	0.2	聚氨脂混漆，刷面漆一遍
7	木扶手混漆	m	13.7	3	3.4	0	7	0.3	聚氨脂混漆，刮腻子，修色，三底二面，水磨，打砂蜡
8	木扶手每增一遍混漆	m	1.8	0.6	0.1	0	1	0.1	聚氨脂混漆，刷面漆一遍

续表

编号	工程项目	单位	单价（元）	其中					备注
				主材（元）	辅材（元）	机械（元）	人工（元）	损耗（元）	
9	装饰木材面硝基清漆	m²	74.5	22.7	11.4	0	39	1.4	硝基清漆，刮腻子，修色，三底七面
10	木扶手硝基清漆	m	22.5	4.4	2.2	0	15.6	0.3	硝基清漆，刮腻子，修色，三底七面
11	装饰木材面硝基混漆	m²	75.4	23	13.2	0	39	0.2	硝基混漆，刮腻子，修色，三底七面
12	木扶手硝基混漆	M	22.9	4.4	2.5	0	15.6	0.4	硝基混漆，刮腻子，修色，三底七面
13	木地板耐磨漆	m²	29.7	10.3	2	0	16.8	0.6	耐磨地板漆，刮腻子，修包，一底三面
14	耐磨漆每增减一遍	m²	6.7	3.7	0.3	0	2.5	0.2	耐磨地板漆，刷一遍面漆
15	木地板水晶漆	m²	31.5	12.4	1.6	0	16.8	0.7	水晶地板漆，刮腻子，修色，一底三面，水磨，打砂蜡
16	水晶漆每减一遍	m²	6.9	4	0.2	0	2.5	0.2	水晶地板漆，刷一遍面漆

续表

编号	工程项目	单位	单价（元）	其中					备注
				主材（元）	辅材（元）	机械（元）	人工（元）	损耗（元）	
17	柜内无光调和漆一遍	m²	9.2	2.9	0.2	0	5.9	0.2	无光调合漆，磨砂纸，刷白漆一遍
18	无光漆每增一遍	m²	5	1.4	0.1	0	3.4	0.1	无光调合漆，刷白漆一遍
19	柜内醇酸清漆二遍	m²	6.5	1.8	0.4	0	4.2	0.1	醇酸清漆，磨砂纸，刷清漆二遍
20	醇酸清漆每增减一遍	m²	3.6	0.8	0.2	0	2.5	0.1	醇酸清漆，刷清漆一遍
21	木材面防黄刷清漆一遍	m²	3.2	0.5	0.1	0	2.5	0.1	酚醛清漆，刷一遍

✲ 22. 乳胶漆、壁纸施工价格成本

编号	工程项目	单位	单价（元）	其中					备注
				主材（元）	辅材（元）	机械（元）	人工（元）	损耗（元）	
1	旧墙面乳胶漆	m²	21.7	5.9	3.4	0	12	0.4	铲除旧涂料层，批腻子，乳胶漆一底二面
2	新墙面乳胶漆	m²	19.7	5.9	3.4	0	10	0.4	墙面处理，批腻子，乳胶漆一底二面

续表

编号	工程项目	单位	单价（元）	其中					备注
				主材（元）	辅材（元）	机械（元）	人工（元）	损耗（元）	
3	有吊顶乳胶漆	m²	22.6	5.9	4.2	0	12	0.5	粘贴缝胶带，批腻子，乳胶漆一底二面
4	无吊顶乳胶漆	m²	20	5.9	3.6	0	10	0.5	面层处理，批腻子，乳胶漆一底二面
5	美国大师墙面乳胶漆	m²	32.9	16.1	3.8	0	12	1	墙面处理，批腻子，乳胶漆一底二面
6	美国大师平顶乳胶漆	m²	35.7	16.1	4.6	0	14	1	面层处理，批腻子，乳胶漆一底二面
7	墙面贴壁纸	m²	24.9	7.6	4.3	0	12	1	面层处理，批腻子，裁剪，贴壁纸
8	平顶贴壁纸	m²	28.5	7.6	4.9	0	15	1	面层处理，批腻子，裁剪，贴壁纸

* 23．拆除施工价格成本

编号	工程项目	单位	单价（元）	其中					备注
				主材（元）	辅材（元）	机械（元）	人工（元）	损耗（元）	
1	240砖墙拆除	m²	35						1砖墙，整片墙拆除
2	120砖墙拆除	m²	24						半砖墙，整片墙拆除

续表

编号	工程项目	单位	单价（元）	其中					备注
				主材（元）	辅材（元）	机械（元）	人工（元）	损耗（元）	
3	旧地砖拆除	m²	10						旧地砖及铺贴层水泥砂浆凿除
4	旧墙砖拆除	m²	12						旧墙砖及铺贴层水泥砂浆凿除
5	铲除抹灰层	m²	7						旧抹灰层(砂浆层)凿除
6	开门洞240墙	m²	80						原1砖墙内开0.9m×2.1m洞口，超平方按此类推
7	开门洞120墙	m²	50						原半砖墙内开0.9m×2.1m洞口，超平方按此类推
8	开移门洞(240墙)	m²	50						原1砖墙凿除半砖，每处不小于1m²基数
9	挖半墙	m²	50						原1砖墙内掏挖半砖洞口，每处不小于1m²基数
10	拆除门楣	楣	15.00						原旧门楣拆除
11	拆除窗楣	楣	15						原旧窗楣拆除
12	门窗洞修边	只	70						水泥砂浆抹灰

编号	工程项目	单位	单价（元）	其 中					备注
				主材（元）	辅材（元）	机械（元）	人工（元）	损耗（元）	
13	垃圾袋	只	0.5						编织袋，按拆除工程每立方米50只计
14	垃圾清理	项	50						40袋为1项
15	垃圾小区内外运	项	50						40袋为1项

七、家具规划与后期布置

* 1. 家用家具有哪些种类

要做好家具的规划，首先要了解家具的种类。随着居家装饰的不断升级，作为居室中最重要的家具，也发生了明显的变化。家具已从过去单一的实用性转化为装饰性与个性化相结合。目前市场上适合家用的家具一般分为实木家具、板式家具、金属家具、竹藤家具、塑料家具、玻璃家具和石材家具等。

* 2. 实木家具是怎样的

家具的主体全部由木材制成，只少量配用一些胶合板等辅料，实木家具一般都为榫眼结构，即固定结构。主要使用松木、杉木、杨木、椴木、梨木、柳木、檀木等原始木材，通过切锯成板材、方材后相互拼接构造而成。木质纹理色泽美观、亲和力较强、档次和价格较高。

* 3. 硬木家具是怎样的

硬木家具是实木家具的一种，也叫中式家具，硬木家具是一种艺术性很强的家具。它是按照我国明清家具传统款式和结构，特定的榫眼结构，采用花梨、紫檀等名贵木材加工制成，这类家具有很高的收藏价值。

* 4. 板式家具是怎样的

板式家具又叫人造板家具，其主体部件全部经表面装饰的人造板材、胶合板、刨花板、细木工板、中密度纤维板等制成，也有少数产品的下脚用实木的。这一类家具取材成型方便，制作成本低廉，一般使用机械车床加工，外贴饰面材料，色彩纹理丰富多样，可分解组装，变化性强。由于我国木材资源短缺，所以板式家具是当今市场家具的主流，且多数为拆装结构。

* 5. 金属家具是怎样的

金属家具使用金属型材构成，以钢管等金属为主体，并配以钢板等金属或人造板等辅助材料制成的家具。利用金属高强度的特点作为家具的支撑结构，但与人相接触的部分，如坐、靠背、扶手等部件仍然采用木材、皮革、塑料等型材，材质对比度强，轻巧美观。

* 6. 竹藤家具是怎样的

竹藤家具使用竹材、藤材编织构成，这种家具充分利用竹藤等自然资源，具有传统特色。竹、藤家具色泽美观、质地坚韧、富有弹性、加工方便，但易被虫蛀，因此不宜清洗。在居室装修中可适当选用。

1）竹藤家具有哪些特点

竹藤家具吸湿、吸热、防虫蛀，不轻易变形、开裂、脱胶等各种性能都相当于或超过中高档硬杂木。至于制作更讲究一些的竹材家具，通常选用产自桂、湘、赣的优质楠竹。经检测，其顺纹抗拉强度为樱桃木的2倍、杉木的2～5倍。

2）竹藤家具有哪些优点

竹藤家具除了本质上的优点外，还具有较高的装饰性和欣赏性，通过人们的巧妙编制，竹藤家具的花样和款

式都较以往有很大的丰富，样式更新，款式更多。其色彩为自然天成的色泽，给人以置身于田园的感觉，也正因为其自然的色彩，使之可以和任意款式的家具相匹配，没有刺眼的反差和不协调，反而会增添几分典雅、质朴的感觉。

* 7. 塑料家具是怎样的

塑料家具整体或主要构件使用塑料材料制作而成。塑料成本低、重量轻、强度高、色彩丰富，尤其是在家具制造中使用的合成树脂工程塑料，具有稳定的物理性能和化学性能，在家具装饰中被广泛采用。

* 8. 玻璃家具是怎样的

玻璃家具是以玻璃为主要构件的成品家具。主要使用钢化玻璃作为家具的外部饰面和局部承接面，搭配相应的金属构件，晶莹透亮，现代感强。

玻璃的透明本身就带有一定的艺术观赏性。目前，由它制成的家具产品多是由铝合金、不锈钢、镀金钢管、镀钛喷塑的金属和原木支架支托，使得这类家具更具立体形态，与木制家具相比，它显得更活泼多样，因此深受喜爱现代风格的业主青睐。

* 9. 石材家具是怎样的

石材家具是指以天然石材或人造石材为整体或局部构件的家具。石材纹理丰富、色泽稳重、装饰性强，让家居氛围显得更为硬朗大气。但承重结构需要配合金属、木材支架制作，以防石材断裂。

* 10. 金属家具在环保设计中有哪些优势

金属家具具有个性化、色彩丰富、品种多样及具有折叠功能等优势。

1）金属家具的个性化体现在哪

现代金属家具的主要构成部件大都采用厚度为1~1.2mm的优质薄壁碳素钢不锈钢管或铝金属管等制作。由于薄壁金属管韧性强，延展性好，设计时尽可按设计师的艺术匠心，充分发挥想象力，加工成各种曲线多姿、弧形优美的造型和款式。许多金属家具形态独特，风格前卫，展现出极强的个性化风采，这些往往是木质家具难以比拟的。

2）金属家具的色彩丰富体现在哪

金属家具的表面涂饰可以说是异彩纷呈，可以是各种靓丽色彩的聚氨酯粉末喷涂，也可以是光可鉴人的镀铬；可以是晶莹璀璨、华贵典雅的真空氮化钛或碳化钛镀膜，也可以是镀钛和粉喷两种以上色彩相映增辉的完美结合。金属家具集使用功能和审美功能于一体，有些高品位的金属家具具有收藏价值。

3）金属家具的品种多样体现在哪

金属家具的品种十分丰富，适合放在卧室、客厅、餐厅等空间中使用。这些金属家具可以很好地营造家庭中不同空间所需要的不同氛围，也能使家居风格更多元化和更富有现代气息。

4）金属家具的折叠功能体现在哪

金属家具中许多品种具有折叠功能，不仅使用起来方便，还可节省空间，使面积有限的家庭居住环境相对地宽松、舒适一些。

＊ 11. 塑料家具在环保设计中有哪些优势

塑料家具具有色彩绚丽线条流畅、造型多样、轻便小巧及便于清洁等优势。

1）塑料家具的色彩绚丽体现在哪

塑料家具色彩鲜艳亮丽，除了常见的白色外，赤橙黄绿青蓝紫等各种各样的颜色都有，而且还有透明的家具，其鲜明的视觉效果给人们带来视觉上的舒适感受。同时，由于塑料家具都是由模具加工成型的，所以具有线条流畅的显著特点。每一个圆角、每一个弧线、每一个网格和接口处都自然流畅、毫无手工的痕迹。

2）塑料家具的造型多样体现在哪

塑料具有易加工的特点，所以使得这类家具的造型具有更多的随意性。随意的造型表达出设计者极具个性化的设计思路，通过一般的家具难以达到的造型来体现一种随性的美。

3）塑料家具的轻便小巧体现在哪

与普通的家具相比，塑料家具给人的感觉就是轻便，不需要花费很大的力气，就可以把它轻易地搬拿。即使是内部有金属支架的塑料家具，其支架一般也是空心的或者直径很小。另外，许多塑料家具都有可以折叠的功能，所以既节省空间，使用起来又比较方便。

4）塑料家具的便于清洁体现在哪

塑料家具脏了，可以直接用水清洗，简单方便。另外，塑料家具也比较容易保护，对室内温度、湿度的要求相对比较低，可广泛地应用于各种环境。

* 12. 如何使家具规划的更合理

家具是房间布置的主体部分，对居室的美化装饰影响极其深远。家具摆设的合理搭配不仅能令居室美观，而且还能为生活带来实用与方便。在布置家具时，既要考虑形式美的原则，即均衡与稳定、重复与韵律、对比与微差，重点与一般等方面的内容，同时也必须充分考虑功能的要求，使家具布置得更合理、美观。

家具布置的流动美是通过家具的排列组合、线条连接来体现的。直线线条流动较慢，给人以庄严感。性格沉静的人，可以将家具的排列尽量整齐一致，形成直线的变化，使人感觉居室典雅、沉稳。性格活泼的人，可以将家具搭配得变化多一些，形成明显的起伏变化，曲线线条流动较快，给人以活跃感。

* 13. 家具规划要有实用性

在布置家具时，不但应该考虑家具本身的尺寸，还必须考虑人们使用家具所必须具备的使用空间。否则的话，很可能造成橱门无法打开，抽屉无法拉开，人坐下不舒服，床单难以更换等一系列的使用不便，这将影响家具功能的正常发挥。

有时还需考虑使用家具时所需的周边环境要求。例如：在工作学习时，一般需要一个光线充足、气流通畅的小环境，而在睡眠时希望有个相对较暗的环境，因此在布置家具时，可以把书桌和桌子等一类家具布置在窗口附近，而把床放置在内侧光线较暗的地方，这样就能做到各得其所。一般情况下，为了通风，高大的家具宜贴墙设置，而不宜布置在窗口，以免阻挡气流和造成面积的阴影。

* 14. 家具规划要有空间性

在小面积的室内空间中，如何充分利用空间也是布置家具时必须考虑的因素。针对使用家具时必须具有的使用空间，可以通过在其中设置一些可以移动的家具，如椅子、凳子等；也可以使家具之间的使用空间互相重叠或使家具的使用空间与人的活动空间相重叠来提高空间的利用率；对于房间角落的空间，有时可通过斜向45°的家具而加以充分利用。为了形成比较宽敞的空间感觉，还应当尽量把空地集中起来，不应使其显得过于零散。

1）如何用不同家具来凸显空间性

可以通过设置壁式、悬挂式和可变式家具来充分利用室内空间。壁式家具常占有一面或多面墙面，做成固定或活动式，能充分利用空间，只要高度适当，构造牢固，使用也很方便。可变式家具平时占有很小的面积或根本不占面积而附着在墙面或家具表面上，但在使用时却可以扩大其使用面积或从墙面、家具表面上翻下使用，灵活方便，充分利用了空间，这类家具必须设计巧妙、构造经久耐用。

2）如何充分利用空间性

可利用家具的重叠布置来充分利用空间。就是把床和柜组合在一起，使下面形成一个适于学习的小天地；或者也可以交错布置两个单人床位，留出较大的面积来布置工作和休憩区域。

* 15. 家具规划要有功能性

家具不但具有很强的实用性，而且可以通过家具布置把室内空间划分成若干个相对独立的功能区域。在室内设计中可以充分发挥家具作为空间限定元素的作用，使之在原空间中划分出若干相对独立的功能区域，以满足不同活动的需要。

在小面积住宅中，一个房间常常需要满足多种功能的要求，用家具分隔空间能起到较好的作用。在一个兼有书房和会客室功能的房间内，通过家具把空间一分为二，比较明亮的窗户部分作为工作学习区；而光线较暗又位于入口附近的部分作为会客区。这样，即使客人来访，对工作区的影响也不大，还可保证工作区的安静。如果不采用从顶到底的家具来分割空间，而是采用比较低的家具来划分，那么整个室内的整体性便会得到加强，但会有所干扰。

16. 家具规划要有和谐性

家具的大小和数量应与居室空间相协调。住房面积大的，可以选择较大的家具，数量也可适当增加一些。否则家具太少，容易造成室内空荡荡的感觉，增加人的寂寞感；住房面积小的，应选择一些精致、轻巧的家具。家具太多太大，会使人产生一种窒息感与压迫感。此外，还应根据居室面积而决定家具的数量，切忌盲目追求家具的件数与套数。

家具与住房的档次也应协调。高级的现代住宅，应配置时尚的家具；古老的深宅大院，应配置古色古香的硬木家具；一般的住宅，应选与之相匹配的家具。居室较大的，除选用主要家具外，还可选一些小的茶几、边几等，以填补角落空白；居室较小的，宜选用组合家具、折叠家具或多用途家具。家具与住房匹配合适了，就会产生一种视觉上的美感。

17. 家具规划要有统一性

购买家具最好配套，以达到家具的大小、颜色、风格和谐统一以及线条的优美，造型的美观。家具与其他设备及装饰物也应风格统一，有机地结合在一起。

如何体现统一性？如平面直角彩电，应配备款式现代的组合柜，并以此为中心配备精巧的沙发、茶几、壶碗等，窗帘、灯罩、床罩、台布等装饰物的用料、式样、图案、颜色也应与家具及设备相呼应。如果组合不好，即使是高档家具也显不出特色，失去应有的光彩。

18. 家具规划要有调和性

室内家具与墙面、顶面、饰物的色彩要调和，室内与室外的色彩也要调和。色彩的搭配会使人感到愉快，一般以浅色、淡色为宜，尽可能不要超过两种颜色。

如果墙面是浅色调，家具最好也是浅色，床罩、窗帘最好也选用淡雅、明快的图案，这样看起来比较舒服。如果选用较热烈的颜色，如顶

面是茶色，墙面是红色，地面是棕色的居室，就应选用黑色的家具，红色的装饰物或金黄色的织物等，会显得吉庆而富有视觉效果。布置时，还要注意简洁明快，给人以光洁明亮、一尘不染之感。

* 19．家具规划要有合理性

居室中家具的空间布局必须合理。摆放家具，要使居住者行动自如，让人的出入活动快捷方便，不可曲折迂回，更不能造成家具使用上的不方便。

摆放时还要考虑采光、通风等因素，不要影响光线的照入和空气流通。床的摆放位置一般是室内安排的关键，要放在光线较弱处。房间较小的，可以使床的一面或两面靠墙，以减少占用面积；房间较大的，可以安置成能两面上下的。门的正面应放置较低矮家具，以免产生压抑感。

* 20．家具规划要有均衡性

家具摆放，最好做到均衡对称。如在床的两边摆放同样规格的床头柜，茶几两边摆放同样大小的沙发等，使之协调、舒畅。当然也可以做到高低配合、错落有致，令人有动感和变化的感觉。

家具应均衡地布置于室内，平面布置和立面布置要有机地结合，不要一边或一角放置过多的家具，而另一角或一边比较空荡。也不要将高大的家具集中排列在一起，以免和低矮家具形成强烈的反差。应尽可能做到家具的高低相接、大小相配。还要在平淡的角落和地方配置装饰用的花卉、盆景、字画和装饰物等。这样既可弥补布置上的缺陷和平淡，又可增加居室的温馨和审美情趣。

* 21．家具规划要有原则性

家具是房间布置的主体部分，对居室的美化装饰影响极大。家具摆设如果不合理不仅不美观而且又不实用，甚至会给生活带来种种不便。

1）如何体现原则性

一般习惯把一间住房分为三区：一是安静区，离窗户较远，光线比较弱，噪声也比较小，摆放床铺、衣柜等较为适宜；二是明亮区，靠近窗户，光线窗户，光线明亮，适合于看书写字，放写字

台、书架为好；三是行动区，为进门的过道，除留一定的
行走活动地盘外，可在这一区放置沙发、桌椅等。家具按
区摆置，房间就能得到合理利用，并给人以舒适清爽感。

2）高大家具与低矮家具搭配有哪些技巧

高大家具与低矮家具应互相搭配布置，高度一致的组
合柜严谨有余而变化不足，而家具的起伏过大，又易造成
凌乱的感觉。所以，不要把床，沙发等低矮家具紧挨大衣
橱，以免产生大起大落的不平衡感。最好把五斗柜、床边
柜等家具作为高大家具与低矮家具的过渡，让人的视觉由
低向高逐步伸展，以获取生动而有韵律的视觉效果。

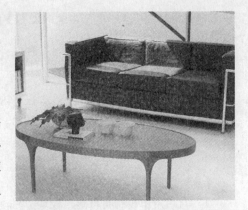

* 22. 家具规划要有多样性

对于大房间来说，家具的布置就更多样化。一般来说，
家具的摆布大致可分为三种形式：I字形、L字形及U字形。

1）什么是I字形

如果房间大致成方形，那么，在室内较长的墙面一
侧，可顺行摆放组合柜、床等家具，对面墙面可放置桌、
沙发或矮柜等家具。若门开于墙的三分之一部位，那么室
内墙的三分之二部位，可放置写字台或梳妆台之类家具，
或在墙面上挂镜子以提高室内亮度或宽度。

2）什么是L字形

室内如为矩形，门稍微居中，若稍长的墙对着窗，可
放置矮式组合柜或写字台于窗下，门侧则放置沙发、桌等家
具，让室内可以保留稍大的空间。若另一侧墙放置家具，最
好放置折叠式桌椅。如果组合柜内有一个可立可倒的折叠
床，白天则可将它立起来合于柜内，使床的摆放不受限制。

3）什么是U字形

卧室、客厅都可采用这种摆法。如床可置窗前居中，两侧墙置橱柜，有一定观赏性，只是室内

地面空间相对少了些。客厅中的沙发、书柜、音像柜、古玩柜等，都可以按照这种形式布置。

23. 什么是绿化设计

在装修完工后，人们普遍喜欢在室内布置各种绿色植物、花卉等来净化室内空气质量、陶冶情操、美化环境，称之为绿化设计。绿化设计也是环保设计的一个方面。

24. 家庭绿化设计常用植物有哪些

1）常用木本植物有杜鹃、玫瑰、月季、玉兰、海棠、石榴等，色泽艳丽多样，观赏性极佳。

2）常用草本植物有文竹、万年青、兰花、水仙等，这一类植物以观赏茎干形态为主，色泽较为单一，但品位较高，适合中老年业主。

3）常用藤本植物有爬山虎、紫藤、金银花等，具有很大的观赏价值。

4）常用肉质植物有仙人掌等，给人以稳重、端庄的感觉。

25. 如何选择植物

选择恰当的绿色植物应从个人性格喜好、植物自身特性和居室环境等多方面来考虑。如松柏象征竖贞不屈，文竹表达人的虚心谅解、清高雅致，梅花则赞美不畏严寒、纯洁高尚的品格，荷花表现为出淤泥而不染、廉洁朴素。

26. 绿化设计有调节室内环境的作用

当代城市环境污染日益恶化，人们迫切需要良好优异的生存环境，尤其是刚搬入到装修完成后的新家中，居住环境就显得尤为重要。普通绿叶植物通过接受光照发生光合作用，吸收二氧化碳，释放氧气，从而起到净化室内空气的作用；绿色植物的茎叶通过吸热和蒸发水分可降低气温，在不同季节可以相应地调节温度。另外，刚装修完的新房内含有甲醛或一氧化碳等有害气体，部分植物还可吸收多种有害气体，改善空气质量，如吊兰、虎皮兰、肾蕨等，能使居室环境更加清静爽洁。

27. 绿化设计有分隔、引导室内空间的作用

使用绿化植物分隔功能空间十分普遍。如在客厅与餐厅间的过道上，餐厅与厨房间的酒柜边都可放置绿色盆景植物，而且还能明确不同空间的界线。

对于重要的部位，如正对出入口，起到屏风作用的绿化，还须作重点处理，分隔的方式大都采用地面分隔方式，如有条件，也可采用悬垂植物由上而下进行空间分隔。可布置醒目的富有装饰性的植物，能起到强化重点，突出功能空间的作用。

绿化在室内的连续布置，从一个空间延伸到另一个空间，特别是在空间的转折、过渡、改变方向之处，更能发挥独特的整体效果。绿化布置的连续和延伸，如果能有意识地强化其突出、醒目的效果，那么，通过视线的吸引，就可起到了暗示和引导作用。其方法一致，作用各异，在设计时应细心区别对待。

28. 绿化设计有美化室内空间的作用

绿化植物的自然形态千变万化，色彩丰富，生机勃勃，与方正端直的室内墙体、家具构造形成鲜明对比，使居室空间与人之间更具亲和力。如藤蔓类的植物，枝条修长，可从一侧墙面攀沿至另外一侧，甚至跨越吊顶、家具造型，在视觉上缓和垂直边角对人所造成的僵硬感。

29. 绿化设计有陶冶情操的作用

不同绿色植物的形态、颜色、气味等均有不同，适宜不同人的品位。选择自己喜好的绿色植物可引导人们热爱生活、热爱生命、崇尚自然的健康心态。在日常生活中，保养、修剪绿色植物也能起到锻炼身体、净化心灵、开拓思维的作用。

30. 绿化设计可采用重点装饰的方法

在室内活动的重点部位，如客厅茶几上方、餐厅餐桌上方等重要位置摆设较为醒目的绿色植物，如色彩鲜艳的盆花、姿态畸形的枝干等都可达到烘托空间主体、强化居室生活核心部位的作用。

* 31．绿化设计可采用边角点缀的方法

由于绿色植物姿态不一，一般用于弥补居室空间边角的闲余空间，此类空间一般难以放置各种家具和陈设，而形态不一的绿色植物是首选。如客厅沙发转角处、餐厅酒柜边角处、卧室床头柜与衣柜的衔接处都是绿色植物的最佳布设点。

* 32．绿化设计可采用垂直绿化的方法

通常采用由上至下的悬吊方式，利用装饰吊顶造型、装饰墙面、贴墙装饰柜和楼梯扶手等凸凹结构，由上至下吊挂绿色植物。这种布设方式不仅充分利用空余部位，不占用地面流通空间，并能形成良好的绿色立体氛围。尤其是通过成片的垂落枝叶组成虚实相间的绿色隔断，情景优美，令人陶醉。

* 33．绿化设计可采用沿窗布置的方法

绿色植物靠近窗户可接受更多的日照，完成良好的光合作用过程，并且从室外观望能形成良好的室内景观，给人以亲切、愉悦感。

* 34．绿化设计可采用融合布置的方法

室内绿化除了单独落地布置外，还可与家具、陈设、灯具等室内物件结合布置，组成有机整体。

绿化的另一作用，就是通过其独特的形、色、质，不论是绿叶或鲜花，不论是铺地或是屏障，集中布置成片的背景。

万年青

一叶兰

* **35．怎样养好万年青、铁扁担**

形态：长绿草本，叶绿果红，叶自根状茎丛生。

习性：喜温暖、阴湿、不耐涝、忌强光，夏季半阴，冬季阳光充足，酸性土壤，6～7月花，12月果，枝叶汁液及果实有毒，误食会伤害声带、咽喉。

* **36．怎样养好一叶兰、一帆青**

形态：常绿草本、匍匐茎上生细长叶片、叶深绿、形似蜘蛛卵的浆果。

习性：喜温暖、耐湿、极耐阴、忌暴晒、忌积水。

彩叶芋

* **37．怎样养好彩叶芋、花叶芋、五彩芋**

形态：球根植物、箭状孵形叶、分红叶脉、绿叶脉、百叶脉三类、色彩鲜艳株高20～30cm。

习性：喜半阴、湿润环境、肥沃疏松、排水良好土壤，20～25°C最宜，越冬大于18°C。

* **38．怎样养好棕竹、观音竹**

形态：常绿丛生灌木、茎干直立、不分枝、叶形清秀、

棕竹

棵形矮小、生长缓慢。

习性：耐阴、耐旱、喜温暖湿润肥沃沙质土壤，不耐寒、忌阳光暴晒，宜20～30°C，越冬8～10°C。

文竹

＊ 39．怎样养好文竹、云竹

形态：常绿草质藤本、茎蔓性丛生、细柔有节、叶纤细如羽毛状、水平展开。

习性：温暖、湿润、略阴蔽环境，忌霜冻、畏强光、干旱、宜疏松、肥沃排水良好的土壤，宜15～25°C，越冬大于10°C。

吊兰

＊ 40．怎样养好吊兰、绿色仙子、桂兰、钧兰

形态：常绿草本、根叶均似兰叶间抽出匍匐枝、品种繁多。

习性：喜温暖湿润沙质土壤、喜肥，宜半阴，忌阳光直射、宜24～30°C，越冬大于10°C，能吸附毒气，并夜间释放氧气。

常青藤

＊ 41．怎样养好常青藤

形态：常绿、攀缘、藤本、叶面暗绿、背面黄绿或苍绿、叶脉白、卵圆形成菱形，花黄色。

习性：喜阳光、肥沃疏松轻质排水良好的培养土，耐阴，较耐寒，越冬大于10°C，花期10月。

玉米石

＊ 42．怎样养好玉米石、仙人葡萄

形态：丛生肉质草本、叶肉质亮绿带红晕、卵形，株丛小巧。

习性：喜阳光充足、耐半阴、排水良好的沙壤、耐旱。

＊43. 怎样养好山影拳、山影

形态：仙人掌类植物、变态茎色浅绿至深绿、带毛刺、形似奇峰怪石，如山石盆景。

习性：喜阳光充足，耐半阴，喜排水良好沙质土、肥水不宜多，越冬大于5°C，防刺扎人。

＊44. 怎样养好金琥、象牙球

形态：茎圆球形、球顶密披金黄色绵毛，有21～27棱、密生硬刺、花生顶部、钟形。

习性：喜温暖干燥、阳光充足、肥沃含石灰质的沙质土壤，耐干旱、忌涝、不耐寒，越冬大于10°C，钩毛扎人，勿触摸。

＊45. 怎样养好发财树、大果木棉

形态：常绿乔木、主干挺拔、坚韧、幼苗枝条柔韧可结成瓣状，掌状复叶，形椭圆、全年青翠。

习性：喜高温、阳光充足、较耐阴耐旱、不耐寒、忌阳光直射，盆栽时宜肥沃、疏松土壤，越冬大于10°C。

＊46. 怎样养好巴西木、巴西铁

形态：常绿乔木、直干、偶有分枝、叶簇生于茎顶、鲜绿光亮，盆栽高50～100cm、生长缓慢。

习性：高温、多湿，光线充足。耐阴性好、对环境适应性强、少病虫害。

＊47. 怎样养好马蹄莲、慈姑花

形态：宿根草木、箭形叶、绿而有光、花白或黄、粉、漏斗形、3～5月开花、有香气。

山影拳

金琥

发财树

巴西木

杜鹃花

习性：喜温暖、湿润、阳光充足，忌阳光直射，不耐寒冷干旱，越冬5～10^{0}C。

马蹄莲

∗ 48．怎样养好杜鹃花、山石榴、映山红

形态：品种极多，有春鹃、夏鹃、西鹃，花色鲜艳繁密。

习性：喜疏松，含腐殖质酸性土壤、忌烈日暴晒，于向阳处可越冬。

∗ 49．怎样养好扶桑

形态：叶色、叶形似桑、花朵单生于植株上部、半下垂，有单瓣、复

瓣之别，花心细长伸出花外，花色多，花期长。

习性：喜温暖、光照、不耐旱、不耐霜冻，15～20^{0}C可开花不断，北方需室内越冬，以肥沃的沙质土为好。

扶桑

秋海棠

茉莉

* 50. 怎样养好秋海棠、相思草

形态：草本、叶斜卵形、有细毛、花粉红，秋海棠花期8～9月，有四季开花的四季海棠，品种繁多，约20余种。

习性：喜光、温暖、怕干旱，水涝、盆栽用排水良好、肥沃的沙质土，室内越冬。

* 51. 怎样养好茉莉

形态：常绿小灌木，叶卵形对生，花白色、极香，花期长，初夏至晚秋花开不绝。

习性：喜阳光充足、炎热潮湿气候、极畏寒，不耐干旱渍涝、宜微酸性沙质土壤，25～35℃最好、喜肥、冬季不低于5～8℃。

兰花

* 52. 怎样养好兰花

形态：草本，50余品种、四季常青宿根花卉、叶形潇洒、花香清幽，颜色脱俗。

习性：温暖、湿润、爱阴凉，适于土层深厚，腐殖质丰富、疏松透水性好的酸性土。

＊ 53. 有去除甲醛功效的植物有哪些

有去除甲醛功效的植物有很多，可以依据自身的经济条件以及住宅的空间限制随意选择。目前市场上比较畅销的去甲醛植物有绿萝、秋海棠、芦荟、龙舌兰、非洲菊、菊花、吊兰、虎尾兰、常春藤、千年木、散尾葵、波斯顿蕨、鸭掌木、垂叶榕、黄金葛、银皇后等。

八、环保家居实用便携单

* 1. 房屋状况记录表

房屋类型　　○公寓　　○复式公寓　　○别墅　　○Townhouse	
层数　第　层　共　层　　　居住状况　○精装修　○毛坯房　○二次装修	
庭院　○有　○无　　　地下室　○有　○无　　　车库　○有　○无	
周围环境　　○市区　○郊区　○紧邻　○远离（主要街道、机场、地铁、铁路）	
使用面积：　　　　户型　　室　厅　厨　卫	

面积与层高	房间编号 层高（m）　　　面积（m²）	房间编号 层高（m）　　　面积（m²）
	房间编号 层高（m）　　　面积（m²）	房间编号 层高（m）　　　面积（m²）
	房间编号 层高（m）　　　面积（m²）	房间编号 层高（m）　　　面积（m²）
	房间编号 层高（m）　　　面积（m²）	房间编号 层高（m）　　　面积（m²）
	阳台	车库
	地下室	庭院

卫浴间	共有　个卫浴间　　分别在第　　层	
交房状态	墙面	○素水泥　○已抹灰　○已涂涂料　○已贴壁纸或壁布
	地面	○素水泥　○地面已有涂料　○已铺装地板或瓷砖
	天花	○素水泥　○未经装修　○已吊顶
	上下水管	
	暖气管道	
	供热系统	○集中供热　○独立采暖　○成品暖气片 ○地面采暖
	空调系统	○中央空调　○分体式空调 ○需自行安装分体式空调（已、无）预留空调口
	电路	
	电视电缆	
	网线	
	电话线	
	智能系统	○有　　○无
	门禁系统	○有　　○无
	楼梯	○粗胚　○已经做好
	房间门	○已装　○未装
	窗户	○已装　○未装

＊ 2．家庭情况记录表

使用目的○ 常年居住○ 度假居住○ 投资○ 其他○					
空间分配	家庭成员（人）＼空间（间）	祖辈	父辈	孙辈	保姆	客人
	卧室					
	卫浴间					
	书房					
功用空间（间）	阳台 厨房 餐厅 客厅 储藏间 衣帽间 视听间 娱乐间 车库					
	交际	○喜欢独处 ○交际广泛 ○家中偶有交际活动				
	爱好	○收藏 ○影音发烧 ○宠物 ○健身				
	作息时间	○正常 ○（早、晚）睡 ○（早、晚）起				
	工作	○上班 ○SOHO				
饮食习惯	主要烹饪方式	○中餐 ○西餐 在家用餐 ○在外用餐 ○两种兼有				
	用餐习惯	○与家人同时就餐 ○经常在家请客				
洗浴习惯	频率	○每周一次 ○每周三次 ○其他				
	时间	○早上 ○晚上				
	方式	○淋浴 ○浴缸 ○两种都有 ○其他				
	使用情况	○与他人共用 ○独自使用				

* 3. 预期效果自查表

整体风格色调
墙面　○保持原状　○涂墙面漆　○铺壁纸、壁布　○墙板　○其他
地面　○保持原状　○（实木、复合、实木复合、竹木）地板○涂料　○水泥地面　○石材　○地砖
天花　○保持原状　○重新吊顶（石膏吊顶、金属天花、PVC天花）　○不吊顶
门　　○保持原状　○重新做门　○购买成品门安装　○加装防盗门
窗　　○保持原状　○更换（铝合金、木窗、PVC窗、铝包木）○加装斜顶窗　○加装天窗
施工方式　　○包工包料　○包清工

房间编号								
墙面	材质							
	颜色							
	面积							
地面	材质							
	颜色							
	面积							
天花	材质							
	颜色							
	面积							
房间门	材质							
	颜色							
	面积							

窗	材质							
	颜色							
	面积							
家具	材质							
	颜色							
	面积							
灯	位置							
	数量							
装置电器数量	电话							
	开关							
	电视							
	网线							
	插座							
管线改动	水							
	电							
	气							

✳ 4. 施工进度表

设计师电话	工长电话	监理电话			
	开工期	预完工期	完成情况	未完成原因	问题与解决办法
放线					
造型墙					
电线布管					
吊顶					
门套					
窗套					
水路改造					
封饰面板					
顶面抹灰					
门套油漆					
造型墙油漆					
踢脚线					
卫生间墙地砖					
厨房墙地砖					
客厅地面					
主卧地毯					

保洁					

* 5. 主材使用详细纪录表

	材质	品牌货号	规格	颜色及花纹	单价	总价	交货及安装日期	商家电话地址
玄关								
客厅								
餐厅								
主卧室								
次卧室								
书房								
儿童房								
卫浴间								
厨房								
其他								

* 6. 装修款核算表

主材费用及明细	辅材费用及明细	其他费用	总计
